ヒトラー 死の真相

KGB機密アーカイブと科学調査

LA MORT D'HITLER
DANS LES DOSSIERS SECRETS DU KGB

上

Jean-Christophe Brisard et Lana Parshina
ジャン=クリストフ・ブリザール+ラナ・パルシナ――[著]
Hiroko Otsuka
大塚宏子――[訳]

原書房

ヒトラーの遺物を検証する

モスクワのGARF(ロシア連邦国立公文書館)に保管されているヒトラー関連物の主要な2点。ロシアによればヒトラーが自殺した際に座っていたという長椅子の一部と、ディスクケースに入れられたヒトラーの頭蓋骨の一部。

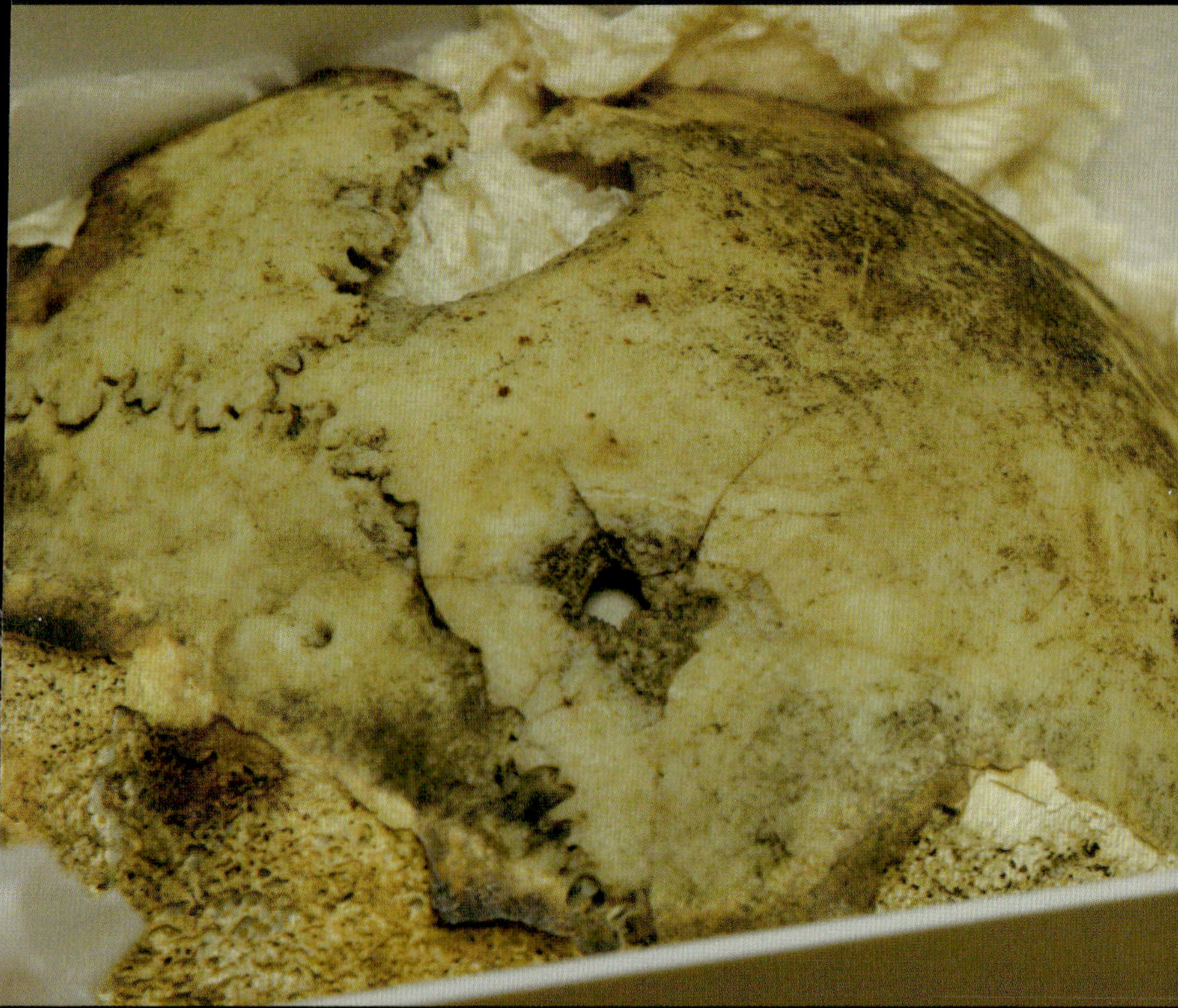

モスクワのGARFに保管されている頭蓋冠の一部。1946年5月、ヒトラーの死に関するソ連の再調査の際に、総統地下壕の非常出口前で発見されたという。弾痕や火葬の跡、微量の土がはっきりと見て取れる。

ヒトラーの顎の一部。ベルリンにある第三帝国新官邸の庭で1945年5月4日に発見された遺体から、ソ連の調査官が切り離したらしい。現在もロシアのシークレットサービスFSBの中央公文書館に保管されている。

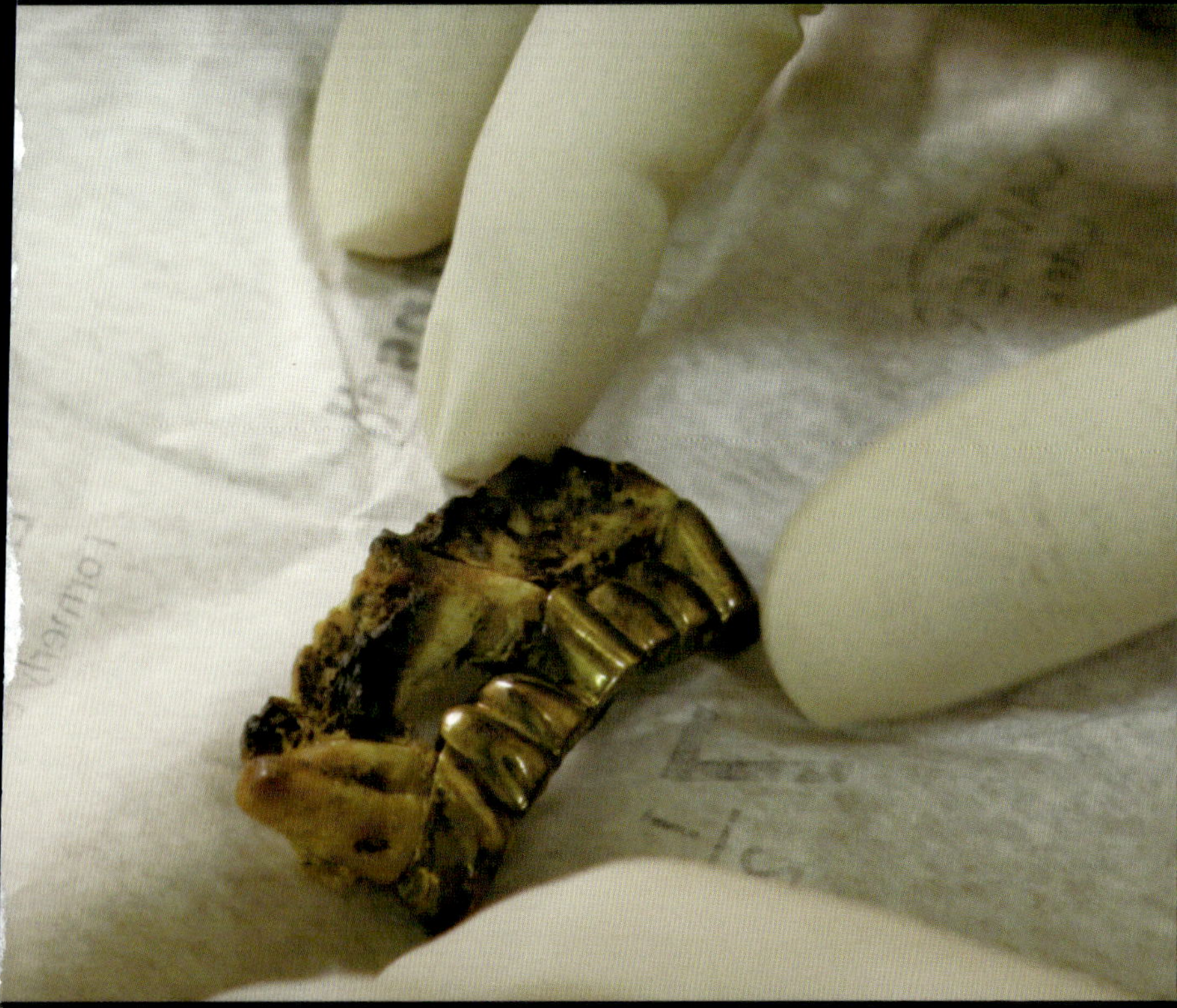

ヒトラーの歯の一部。顎の炭化の跡により、激しい火で焼かれたこと、しかしそれが歯や補綴を損傷するほど長時間ではなかったことが分かる。

ヒトラー　死の真相——ＫＧＢ機密アーカイブと科学調査　上

［上巻目次］

第一部　調査Ⅰ　007

第二部　ヒトラーの最期の日々　085

第三部　調査Ⅱ

［下巻目次］

第一部

調査I

二〇一六年四月六日、モスクワ

ラナは当惑している。

ロシアの高級官僚と接触していくうちに、私たちの成功に自信が持てなくなってきたのだ。一一時の約束は取れたが、ロシアでは何も決まっていないも同然だ。「ロシア連邦国立公文書館」に近づくにつれ、凍てつく風が私たちの顔を刺す。ロシアではＧＡＲＦ（Gosudarstvennyy Arkhiv Rossiyskoy Federatsii）と呼ばれる、モスクワ中心部にある国立機関。一九世紀から現代までの七〇〇万点近い資料を集めた、ロシア最大の公文書館のひとつである。主に紙の資料だが、写真や機密文書もある。私たちがモスクワの厳しい気候やロシアの不愉快なお役所仕事に立ち向かおうとしているのは、その機密文書のひとつのためである。

ラナ・パルシナはロシアで全く無名の女性というわけではない。ロシアとアメリカのハーフの若い女性ジャーナリストで、ドキュメンタリーの制作者でもあり、テレビスタジオにもたびたび呼ばれてその最大の功績について語っている。つまり、ラナ・ピータースの最後のインタビューをしたのは彼女なのである。ラナ・ピータースは誰からも忘れられた一文無しの老女で、アメリカのへき地にある貧困者用養護施設に住んでいた。彼女は身をひそめ、ジャーナリストに語ることを拒否していた。ましてや父親の思い出についてては。父親はヨシフ・ヴィッサリオノヴィチ・ジュガシヴィリ、すなわちスターリンである。ラナ・ピータースは本名をスヴェトラーナ・スターリンといい、独裁者スターリンのお気に入りの娘であった。彼女は冷戦のさなかの一九六〇年代に逃亡し、敵国アメリカへの政治亡命を望んだ。それ以来彼女は、独裁体制を逃れるためなら何でもする覚悟のあるソヴィエト人のシンボルになった。ラナ・パルシナはこのとっつきにくい女性を説得して、一連のインタビューを撮影することに成功したのである。それが二〇〇八年のことだ。

この成功はロシア中で注目された。実際、モスクワでは数年前からスターリンは再び人気を回復している。ラナはロシアの行政機構や官僚制度の複雑な仕組みを知り尽くしており、慎重さを要する複雑な機密文書も閲覧できるだろうと自負していた。

しかしこの二〇一六年四月の朝、彼女は不安そうに見える。

私たちはGARFの女性館長ラリサ・アレクサンドロヴナ・ロゴヴァヤとのアポイントを取っていた。私たちに資料Hを閲覧する許可を出せるのは、彼女だけなのである。「H」、すなわちヒトラー。

GARFのメインホールに入ったとたんから、いかにも雰囲気が違う。七〇年代風の口髭を生やしたフレディ・マーキュリーみたいな兵士が、私たちにパスポートの提示を求める。「審査!」と、まるで私たちが侵入者であるかのように怒鳴る。ラナはロシアの身分証明書があるので何の問題もないが、私はフランスのパスポートなので面倒なことになった。兵士はアルファベットが得意ではないようで、私の名前を読むことができない。ブリザールという名前はキリル文字ではБРИЗАРとなる。だから私はそのように本日の入館許可者一覧票に記入されている。しばしの検査の結果、ラナの助けもあって、ようやく私たちは通り抜けることができた。公文書館の館長室は？　私たちの質問に衛兵は嫌な顔をした。彼はすでにほかの訪問者にも同じぐらい愛想よく対応していたのだ。「右側の三番目の建物の先の奥」と答えてくれた若い女性は私たちがお礼を言う間もなく背中を向けて、薄暗い階段を上っていった。

ＧＡＲＦはソ連の労働者住宅に似ている。構成主義と合理主義が混ざったまさに典型的なソ連スタイルの陰気な建物が、いくつか広がっているのだ。私たちは建物から建物へと、泥と雪の混じった大きなぬかるみを避けながら歩いていった。遠くのほうに、「館長室」と大きな字で書いたプレートが両開き戸の上に掲げられているのが見える……。その入口を黒っぽいセダン車がふさいでいる。そこまであと二〇メートルぐらいというときに、堂々たる体格の女性が建物から慌ただしく出てきて、車に乗り込んだ。

「あれは館長だわ……」

ラナは車が去るのを見ながら、絶望まじりに囁いた。

一〇時五五分。一一時という私たちの約束が、目の前で飛び立ってしまった。

ようこそ、ロシアへ。

ＧＡＲＦ館長のふたりの秘書は役割を分担している。ひとりは優しさ担当、もうひとりは完全に不愉快担当だ。

「何の用ですか？」

言葉はまるで分からなくても、きつい言い方であることは容易に分かる。この場合私にとってロシア語がそうだ。ふたりの女性のうち若いほう――ぶしつけな言い方をすれば老け具合がましなほう――は、つまり私たちに好意的ではない。ラナが自己紹介をし、私たちふたりはジャーナリストで、ラナはロシア人、私はフランス人であると言った。私たちがここに来たのは、女性館長、すなわち館長殿と会う約束をしたからであり、それはやや特別なものを見せてもらうためなのだと……。

「館長には会えません！」と、冷たいほうの秘書が急に遮った。

「館長は出かけました。ここにはいません」

ラナは、それは分かっている、外で黒っぽい車が見えたと説明した。館長は私たちの存在を忘れて、私たちの目の前で姿をくらましてしまったのだ。ラナはそういったことをすべて熱を込めて話した。待つことは可能ですか？「そうしたいのなら」と秘書は言うと、私たちに大事な時間を奪われたとアピールするかのように、書類の山を抱えて部屋から出ていった。スイスの鳩時計が彼女の事務机の上で存在感を示している。一一時一〇分。もうひとりの秘書は何も言わずに同僚の言葉を聞いていた。その恥じ入るような様子を私たちは見逃さなかった。ラナは彼女のほうに向かった。

クレムリンの大統領府からの呼び出しです。館長の予定にはなかったことなんです。プーチンというか、当局ということですが、そこから呼ばれたら駆けつけるのは当然です。優しいほうの秘書は声を落として、短い言葉で説明した。彼女はとても優しそうだ。私たちに伝える情報はむしろネガティブだが、慰めるような声である。館長が戻ってくる時間など、誰に分かるだろう?! いずれにせよ彼女には分からない。館長が今日ぎりぎりの時間に呼びつけられたのは、私たちのせいなのだろうか?

「いいえ。あなたたちのせいなんてことはありません」

一七時過ぎ。忍耐はついに報われた。私たちの目の前で、固いボール箱が開けられたところだ。この中にそれがある。小箱の中に大切に保管された、ごく小さなものが。

――じゃあ、これが例の? 本当にあの人なんですか?

――そうです《ダー》！

――彼女はそうだと言っているわ。

――ありがとう、ラナ。それで、残っているのはこれで全部ですか？

――そうです《ダー》。

――翻訳してくれなくていいよ、ラナ。

もっと近くで見ると、小箱はフロッピーディスクケースにとてもよく似ている。事実としてそうだった。ヒトラーの頭蓋骨はフロッピーケースに保管されている！　正確に言えば、これはロシア当局がヒトラーのものだとしている頭蓋骨の破片である。スターリンの戦利品だ！　ソ連が、次いで脱共産主義のロシアが、何よりも守ってきた秘密のひとつである。そして私たちにとっては、一年間調査を続け、待った末にたどり着いたものである。

私たちが襲われた奇妙な感情を分かってもらうために、その光景を想像してほしい。一〇人程度が入れる、かなり広い長方形の部屋。同じく長方形のテーブルは、艶のある暗い色の木製だ。壁にかかっている一連の絵は、赤いフレームのガラスの額に収まっている。「オリジナルのポスターです」とのこと。革命時代のポスターだ。ロシア大革命、つまり一九一七年の、ユリウス暦なら一〇月、グレゴリオ暦なら一一月の、レーニンによる革命である。そこには腹をすかせた誇り高き労働者たちが描かれている。その力強い腕は、人々の前で緋色の旗を掲げている。資本家、人民の圧政者が彼らの行く手を遮る。資本家というのは何によって分かるのか？　贅沢な服を着てシルクハットをかぶり、ぶくぶくに肥満した太鼓腹を突き出しているのだ。その人物は最も弱い者たちを前にした強者の尊大さにあふれている。最後のポスターでは、帽子の男にもはや傲慢さはない。彼は地面に横たわり、頭は巨大なハンマーで打ち砕かれている。労働者のハンマーだ。

シンボル。相変わらずシンボルである。君はどんなに力を持っていても、最後には打倒される。ロシア人民の抵抗によって、頭はかち割られる。ヒトラーはこの絵を見ただろうか？　もちろん見ていない。

ヒトラーにとっては残念なことだ。なぜなら、彼もまたロシア人によって身体を、もっと正確には頭蓋骨を、奪われることになるのだから。

部屋の説明に戻ろう。

この小さな部屋、革命の臭いがする会議室はGARFの一階に位置していて、私たちがラリサ・アレクサンドロヴナ・ロゴヴァヤ館長の帰りを忍耐強く待っていた秘書室のすぐ横にある。館長は五〇歳をゆうに超えたふくよかな女性だが、その威厳ある体つきだけで相手に印象づけるのではない。その落ち着きと自然なカリスマ性で、モスクワの一般役人とは一線を画しているのだ。クレムリンから戻ると彼女は秘書室を通り抜けて、私たちを見ることもなく館長室に入った。ラナと私はこの部屋にふたつしかない肘掛椅子を独占していた。その間にはイチジクのような巨大な緑の植物があり、私たちの狭い生存空間を大きく侵食している。どんなに集中していても、たとえ突撃に行こうとしているのだとしても、この巨大なイチジクの両側にふたりの人間が存在していることに気づかないはずはない。一六時。私たちは勢いよく立ちあがった。希望が戻った。今電話が鳴ったのだ。

「隣の部屋！　会議室？　三〇分後……」

優しいほうの秘書が電話で受けた命令を繰り返している。ラナは私のほうに身をかしげてにっこりした。私たちのことだ。

館長は黙って長方形の大きな机の端に座った。彼女を囲むようにふたりの職員が「気をつけ」みたいに立っている。館長の右側には、ずいぶん前から定年退職を願い出ていてもおかしくなさそうな、じゅうぶん年のいった女性。左側には、ブラム・ストーカーの小説からそのまま出てきた幽霊のような印象の男性。女性はディナ・ニコラエヴナ・ノコトヴィチという特別資料部の責任者で、男性のほうはニコライ・イゴレヴィチ・ヴラディミルセフ（本人はニコライと呼ばせている）というGARF資料保管部の責任者である。

ニコライは館長の目の前に大きなボール箱をしずかに置いた。その蓋を開けるのをディナが助ける。それからふたりは後ろに下がり、手を背中に回して、私たちをじっと見つめる。すぐにでも介入するつもりのふたりの監視人にとって、その態度が警告の代わりだ。館長は座ったままで、ボール箱を守るように手を両側に置き、私たちに中を見るよう促した。

こんな瞬間を経験できるとは、もはや思ってはいなかった。この頭蓋骨のかけらに近づくことはできないのだと、今朝の時点ではまだ思っていた。何か月も何か月も際限なく交渉を続け、メールや手紙、電話、ファクス（そう、ロシアではいまだによく使われる）、そして口頭で頑固な役人に要請を繰り返した結果、ついに私たちはこの人体の一部を前にすることができたのだ。左後頭部の一部で（正確に言えば、ふたつの頭頂骨と後頭骨の先端）、見たところ頭蓋冠の四分の一以上ありそうだ。世界中の歴史家やジャーナリストが見たくてたまらなかったもの。これはロシア当局が主張するように、ヒトラーのものなのか？　それともアメリカの科学者が近年主張したように、四〇歳以下の女性のものなのか？　しかしGARF内でそれを聞くことは政治を論じることであり、ロシア当局の公式発言を疑うことである。公文書館の館長に対してあり得ない選択だ。絶対にしてはいけない。

ロゴヴァヤ館長は数日前に館長になったばかりである。前館長のセルゲイ・ミロネンコの後任だ。このポストはプーチン時代のロシアにおいて、どれほど政治色が濃い微妙なものだろう。私たちの前で、ラリサ・ロゴヴァヤは一語一語言葉を選びながら話す。私たちの質問に答えるのは館長のみで、ふたりの職員に発言権はない。館長は二言三言簡潔に話すだけで、顔はずっとひきつっている。私たちの調査を認めたことをすでに後悔しているようだ。正確に言えば、彼女は何も認めたわけではない。私たちにこの頭蓋骨の一部を観察させてよいという許可は、彼女よりももっと上から発せられたものである。どのぐらい上だろう？　推定するのは難しい。ロシア政府？　間違いなくそうだろう。でも、政府の誰だろう？　ラナは、すべては大統領執務室から発せられたのだと確信している。国の公文書館は、再びソ連時代のようなほぼ秘密の場所に戻った。二〇一六年四月四日、ヴラジミール・プーチン大統領は、公文書の管理、公表、閲覧、機密扱い解除はロシア連邦大統領の直接の権限下に置かれると規定した政令に署名した。すなわちプーチン自身である。ボリス・エリツィン大統領時代に始まった歴史的資料の開放時代は終わったわけだ。ＧＡＲＦのカリスマ的な館長セルゲイ・ミロネンコは多くの外国人歴史家を友人とし、ＧＡＲＦの数十万の歴史資料をほぼ自由に見ることができるよう提唱していたが、その彼も退場した。「注釈はより少なく、資料はより多く。資料はそれ自体が語るものでなければならない」と、ミロネンコはこの開放政策に驚く仲間たちに決まり文句のように繰り返し答えて楽しんでいたものだ。それも終わりだ！　ミロネンコはお払い箱。彼は二四年間にわたってＧＡＲＦの館長を立派に誠実に務めたが、結局何も変えることはできなかった。たった一本線を引くだけで、ロシア当局はミロネンコを降格させた。罷免ではなく、引退させたわけでも（六五歳ならばそれも要求できただろうが）、ほかの職務に異動させたわけでもなく、降格である。ミロネンコは失脚させられただけではなく、屈辱まで受けた。なぜなら、もちろんのことだが、新館長はミロネンコの元部下、われらが親愛なるラリサ・ロゴヴァヤその人だったからである。スターリンがしそうなことだ。

プーチンの政令は二〇一六年四月四日付である。そして私たちが頭蓋骨の一部が入った箱を目の前にしたのが、二〇一六年四月六日。ラリサ・ロゴヴァヤはどんなことをしてでも私たちを追い払いたいと思っているのだろう。そう考えるのは被害妄想ではない。彼女は私たちに対する嫌悪感とミロネンコのような形で終わる恐怖感を、全身で訴えている。だから私たちがボール箱からディスクケースを出してほしいと頼むと、すぐさま小さな部屋の緊張感がいっそう高まった。ラリサはふたりの監視人のほうを向いた。短い内緒話が始まる。ニコライは駄目だと言う代わりに、首を左右に振った。ディナはボール箱の底から一枚の紙を取り出し、顔を陰険そうに見せている小ぶりの眼鏡をかけ直すと、ラナに近づいた。

同じとき館長はニコライに、自分は意見を変えていないというしぐさをした。ニコライはまだ信用せず、しばらくためらう。それから痩せた腕を箱の中にしぶしぶ突っ込んで、慎重にディスクケースを取り出した。

「この訪問者票に署名してください。日付と時間、身分を書いてください」

ディナは私たちに、用紙のどこを埋めればいいのかを教えてくれた。ラナは言われたとおりに丁寧に書く。その間私は頭蓋骨を観察し始めた。ニコライがすぐに間に入ってきた。私の前に来ていらだって舌打ちする様子から、いけないことをしたことが分かった。

「まずこの訪問者票に書いてください」と館長は繰り返す。ラナは私の不手際について弁解した。フランス人だから、外国人ゆえの不手際だ。騒がしい子どもに困惑しているときのように、彼は理解していないのだと、彼女は微笑みながら説明しようとした。なぜこれほど慎重にしなければならないのか？　なぜこれほど緊張感があるのか？　小さな部屋の開いているドアの前を、ミロネンコが通った。私はヒトラー関連の調査をしている間にルポルタージュで何度か彼を見たことがあったので、それと分かった。彼は廊下にひとりでいた。私たちに目もくれずに、どっしりとした猫背の大きな身体を引きずっている。ミロネンコは私たちが何をしているか、当然知っているはずだ。これまでジャーナリストに会っていたのは彼である。頭蓋骨について彼は完璧に知っている。今は一七時三〇分。ミロネンコはすでに分厚いコートをつかみ、ハンチング帽で灰色の髪を隠している。彼の今日の仕事は終わったのだ。ラリサのほうは、そうはいかない。

「すべて規則内で行ってください。時代は変わったのです。われわれは慎重でなければいけません」と館長が言ったとき、ミロネンコは建物を去っていった。

「私たちは中央官庁からあなた方に頭蓋骨を見せてもよいという許可を得ましたが、報告しなければいけないのですから」

分かっている。それは当たり前だ。もちろん何の問題もない。しかしラリサは私たちからほかのことを何も聞こうとはしない。この頭蓋骨というかその一部は、再びロシアと……世界のほかの大部分との不和や論争の種になる。これはヒトラーのものなのか？　ロシアは嘘をついているのか？　いちばん聞きたいのはこの骨が本物かということであり、ラリサはそれを予期している。彼女の答えは二語。

「私は知っています！」

館長の補佐役のディナとニコライも知っている。でも、私たちのほうは知らない。

「どうしてあなたたちはそんなに確信できるのですか？」

前もって準備した、機械的に繰り返されてきた出来上がった言葉を、ラリサは私たちに完璧に復唱する。KGBや存在し得るソ連の最高の科学者たちが何年もかけて行った、調査、分析、情報の突き合わせ……。この頭蓋骨はまさしく彼、ヒトラーのものだ。

「いずれにせよ、公式的に彼です」

初めてGARFの館長は自分の言葉に幅を持たせた。確信に少しヒビが入った。「公式的に」。この言葉は捨ておけない。これは科学的にではなく、「公式的に」ヒトラーの頭蓋骨なのだ。

ラナは情報カードを書き終えた。ニコライは魔法のように私の前から消えている。ディスクケースと頭蓋骨は今や私たちのものだ。私たちはプラスチックの蓋に顔を近づけた。ディスクケースのメーカーの大きなシールが邪魔でよく見えない。斜めから見ようと身体を傾けても、何も変わらない。蓋を開けることはできるかと、私は手の動きで尋ねた。鍵、鍵を開けてもらえますか？　私の手ぶりは通じた。ニコライはポケットから小さな鍵を出して、開けてくれた。それから彼は再び私たちの真後ろに立った。彼が蓋を取らなかったので、私は再びジェスチャーをした。今回は蓋を持ち上げるジェスチャーだ。ゆっくりと二回やってみた。ラリサが目をしばたたくとニコライは理解して、ぶつぶつ言いながら箱を開けた。ようやく頭蓋骨が本当に私たちの目の前に現れた。

そういうわけで、これはヒトラーのものなのかもしれない。九〇年代のありふれたディスクケースに窮屈に入れられた、この骨の破片は。ヨーロッパの一部をめちゃめちゃにし、数百万の人々を服従させようとした男にとって、何という皮肉だろう！　モスクワでショーケースに入れられ、敵のロシア人によって下品な戦利品

ロシアがヒトラーのものとする頭蓋骨の一部(GARF公文書館)。

としてさらされて終わることを恐れたヒトラーにとって。悪の絶対的な化身として現代史の中で占める大きさに値する演出さえ、彼には受ける権利はない。ロシア人はヒトラーを公文書館の地下牢にしまい、故意にかどうかは知らないが、犬の死骸と同程度の扱いをしている。そしてそれを観察する権利を得るのがこれほど難しいのは、これを傷めたり保存状態を悪化させたりすることをロシア人が恐れるからではなく、まさに政治的な理由からである。もう誰もこれを調査し、その身元を再検討することはできないに違いない。この頭蓋骨はヒトラーのものなのだ。もはや推定ではない。少なくともロシア人にとっては。

正直に言うと、私はある種の失望感に襲われた。これがロシアの公文書館にとって最大の秘密なのだろうか。ディスクケースに保管された、この惨めな骨の一部が。これがおそらく世界が知る最大の政治的怪物のひとりの最後の遺物であろうことを思い出すと、失望に嫌悪感が加わった。しかし、立ち直らねば。調査に戻り、なぜ私たちがここに来たのかを思い出さねば。ヒトラーの最期の数時間を明らかにするのだ。そのために私たちは適切な質問をしよう。この頭蓋骨はどこで見つかったのか？　誰によって？　いつ？　そしてとくに、これがたしかにヒトラーのものであると、どうやって証明したのか。私たちはそうしたすべてを知りたい。まず最初に、この頭蓋骨を分析しなければならない。

「分析？」

ラリサは驚いて、ラナと私が英語で話しているところに割って入った。

「そうです。検査……、例えばＤＮＡ鑑定とか。専門家を、法医学者を呼んで……」

ラナは私たちの調査について詳しくロシア語で話した。館長は遮ることもなく、礼儀正しく聞いている。

「そうすれば疑いはなくなるでしょう。少しも。この頭蓋骨が誰のものか、もう問題にされなくなります。ヒトラーなのか、そうでないのか。それは重要なことではないですか？」

そしてナチの圧制者の最期に関するあまりに馬鹿げた噂を終わらせるのだ。ヒトラーはブラジルへ、ヒトラーは日本へ、南極へ、なんて……。

一九四五年五月、ベルリン

伝説の怪物のように、人を不安にさせる亡霊のように、ヒトラーは多くの幻影を生じさせてきた。一九四五年五月二日のベルリン陥落以後、ひとつの疑問が生じた。彼は死んだのか？それとも逃亡したのか？総統地下壕の生き残りによると、ヒトラーは一九四五年四月三〇日に自殺した。そしてその後、遺体は見つからないよう燃やされたのだという。まさにこの遺体が存在しないがために、生き延びているのではないかという一連の噂が消しようがないほど流れ始めた。ソヴィエト体制から栄誉称号を受けた作家レオニード・レオーノフは、一九四五年五月八日の『プラウダ』紙に熱のこもった文章を発表した。「われわれはあの伍長司令官が狼男に変身しなかったという物理的証拠を要求する。そうすれば、世界中の幼い子どもたちが安心してゆりかごで眠ることができる。ソ連軍はヨーロッパの連合国軍と同様、総統の『実物大の』遺体を見たがっている」[★1]。ひとつの声が上った。「実物大」の究極の証拠がない限り、ヒトラーの亡霊は人々にまとわりつくのだ。そしてヒトラーを見たという証言が増えていった。

そうした話の中には、明白な事実に基づくものもあった。そのうちのひとつは、まるでスパイ映画のシナリオのようだ。それはU－五三〇の航行に関係するものである――Uはウンターゼーボート、すなわちドイツ語で潜水艦のことである。第三帝国が瓦解したにもかかわらず、この潜水艦は連合国に降伏することを拒否し、一九四五年七月一〇日にアルゼンチンの海岸にたどり着いた。おそらく秘密の人間が乗っていたのだろう。

U－五三〇の艦長はとても若い士官だった。たぶん若すぎるほどだ。名前をオットー・ヴェルムートといい、まだ二四歳であった。この一介の海軍中尉は一九四五年一月一〇日にこの潜水艦の艦長に抜擢された。戦争最後のこの年、ドイツ海軍は第三帝国のほかの軍と同様、熟練した士官が明らかに不足して苦しんでいた。もちろんオットー・ヴェルムートは全くの初心者ではないが、実力を示す時間がなかったのである。彼は一九三九年九月にポーランド、フランス、イギリスとの戦いが始まるとすぐに海軍に入隊した。当時一九歳だったヴェルムートは、ドイツの体制が称賛するアーリア人兵士のようなりりしい容貌とは程遠かった。むしろ洗練された学生のようで、ほっそりした顔立ち、痩せぎすぎりぎりのすらりとした背恰好、そしてまるで子どものようなまなざしをしていた。彼はすぐにナチ海軍の「Uボート」艦隊に配属された。研修が終わると、一九四一年九月に乗組士官として偵察役の任務に就いた。一九四五年一月に活動範囲の非常に広い最新鋭の潜水艦U－五三〇の艦長になったが、それまで命令を下したことは一度もなかった。彼は自分に任された潜水艦に圧倒された。この潜水艦は長さが七六メートル以上あり、五六人まで乗ることができる。魚雷と機雷の発射装置を持ち、甲板上には大砲も備えた、恐るべき武器である。しかし若き艦長は実際にそれを証明する時間をもてずに終わる。

一九四五年四月にアメリカの海岸沖へ派遣されたU－五三〇はニューヨーク湾近くのロングアイランドの南で、連合国の船に向けて魚雷を九発撃った。この攻撃はすべて失敗し、一発も敵に当たらなかったのである。ヴェルムートはドイツの降伏を知り、参謀部から投降を命じられたが、それを拒否し、アルゼンチンのほうに逃げようと決意した。この国は当時軍事独裁体制であった。アルゼンチンの指導者たちはアメリカの圧力を受けて一九四五年三月二七日にドイツに宣戦布告したとはいえ、ナチ方式にある種の称賛の念を抱き続けていた。一九四五年七月一〇日、二か月の航行ののち、U－五三〇はブエノスアイレスから南に四〇〇キロのマル・デル・プラタ市に接岸した。ヴェルムートは船と乗組員ともども捕まり、捕虜となった。このニュースはすぐに広がった。それと同時に、アドルフ・ヒトラーとその妻エヴァ・ブラウンが潜水艦内にいるのではないかという疑いが生じた。ファシズム志向に加えて、アルゼンチンのパタゴニアにはバイエルン風の村があり、ドイツ人共同体ができあがっていた。ヒトラーのラテンアメリカ逃亡説にとってうってつけの材料であった。

上陸するや、ヴェルムートはアルゼンチン海軍からもアメリカ海軍からも尋問を受けた。このドイツ士官は七月一〇日に降伏する数時間前の夜に、ほかの小さな町に接岸したのではないかと疑われた。彼はそれを利用して、乗客や資料を船から降ろしたのではないか？　一九四五年七月一四日、ブエノスアイレス在住のアメリカ海軍武官からワシントンにメモが送られた。潜水艦が到着し、身元不明のふたりの人間が上陸したらしいという報告であった。

アルゼンチンの新聞もU－五三〇の事件をつかみ、ヒトラーの生存に関する記事を次々と発表した。そのうちのひとつである七月一八日付の『クリティカ』誌は、ドイツの独裁者は南極に逃げ場を見つけたらしいと報じた。気温的に耐えられる地帯だという。こうした噂に終止符を打つために、アルゼンチンのセザール・アメギノ外務大臣は公式的に介入せざるを得なかった。記事の発表と同じ日に、彼はきっぱりと否定した。ヒトラーはドイツの潜水艦からアルゼンチンの海岸に降り立ってはいない。

それでも今度はＦＢＩが南米への道のりを調査することにした。この有名なアメリカの秘密情報機関も、驚くべき報告を受けていた。とくに、ハリウッドのアメリカ人中堅俳優ロバート・ディロンが関係する報告である。一九四五年八月一四日、ディロンはＦＢＩに接触し、ヒトラーをアルゼンチンに迎えたらしきアルゼンチン人に会ったと明言した。またしても潜水艦の話だ！　ディロンは詳細まで述べている。総統はふたりの女性とひとりの医師、五〇人ほどの人々と上陸し、南アンデスの丘に隠れたようだ。ヒトラーは喘息と胃潰瘍に苦しんでいたらしい。口髭も剃ったという。アメリカの特別部隊が調べたが、ディロンの「スクープ」はそれ以上進展しなかった。

この種の報告は年を追うごとにＦＢＩのデスクに積みあがっていった。ヒトラーに関するものだけではなく、ほかのナチ党員がブラジル、チリ、ボリビア、そしてもちろんアルゼンチンにいたというものもあった。こうした噂はすべてが馬鹿げたものというわけではなく、ナチ犯罪者の脱出ルートは間違いなく存在していた。最もよく知られているもののひとつが、オデッサという組織網である。数年にわたって、オデッサは第三帝国の高官をヨーロッパから脱出させていた。アルゼンチンが多くのナチの拷問者に逃げ場を提供したのも、また事実である。名の知れた人物としては、ヨーゼフ・メンゲレ（アウシュビッツ収容所の医師で、囚人に対して野蛮な医学実験を行った）、アドルフ・アイヒマン（「最終的解決」に積極的に関わった中心人物）、クラウス・バルビー（リヨンのゲシュタポの責任者）もいた。しかしアドルフ・ヒトラーの足跡は何もなかった。

ナチの投降から一〇年後の一九五五年七月、ドイツの司法当局はヒトラーの件をこれを最後に決着させることを決めた。そしてバイエルンにある人口七〇〇〇人の小さな町ベルヒテスガーデンの裁判所が、調査を任ぜられた。この町が選ばれたのは、もっぱら象徴的な意味からであった。ここはヒトラーが休息したいときに好んで引きこもった町だったからである。ヒトラーはここにベルクホーフと呼ばれる別荘を建てていた。だからこの地方裁判所が総統の状態について、つまり生きているか死んでいるかを、裁判で決定することになったのである。裁判がこのときに行われたのは偶然ではない。この時期に、ソ連に拘禁されていたナチの囚人が帰還したのである。すなわち、ヒトラーが死んだ防空避難所である総統地下壕の最後の数時間の証人として、鍵となる人たちである。このヒトラーの側近たちは赤軍に捕らえられ、すぐにソ連の刑務所の独房に入れられた。彼らの証言は決して公表されず、ヨーロッパの連合国にも伝えられなかった。ましてやドイツの司法には。しかしソ連当局は一九五五年に、ソ連の牢獄に残っていたナチの最後の戦犯たちを解放することを受け入れた。この政治的行為は、西ドイツにとって高くついた。代償として、西ドイツはソ連と外交・経済上の関係を確立することを約束したのである。戦犯たちが戻ると、ドイツの司法はその第三帝国の高官たちに尋問した。彼らのおかげで、アドルフ・ヒトラーと妻エヴァ・ブラウンが一九四五年四月三〇日に自殺によって死んだと結論づけることが可能になるわけである。

一九五六年一〇月二五日、ベルヒテスガーデン裁判所はヒトラー夫妻は死んだと正式に宣言した。

以後、第三帝国指導者の死は文章に書くことができるものになり、世界中の歴史書に記載されるようになった。FBIも調査を打ち切った。一〇年の間に、このアメリカの秘密情報機関は世界の至る所で調査を行った。ヒトラーが地下壕で自殺したという事実を受け入れて、アメリカ当局はある種安堵した。しかし、いまだに重要なものが欠けていた。遺体だ。当時、ヒトラーの死を証明する物理的証拠は何ひとつ存在していなかったのである。

頭蓋骨が登場するまでは。

二〇〇〇年初頭。ソ連は一九九一年一二月二五日に瓦解し、もはや八年前から存在していない。新生ロシアはすでに数年前から瀕死の共産主義体制の廃墟の上で、自国の再建を図っていた。超大国としての立場は、国旗から鎌とハンマーが消えたのと同時に失われた。エリツィンが猛烈な勢いで行った自由主義のショック療法は、すでに不安定だったこの国の社会・経済上のバランスを混乱させた。世界の目から見ると、共産主義の脅威と大規模すぎる核兵器は本当に消えた。新生ロシアを恐れる者はもういない。ロシア人は屈辱を感じた。

二〇〇〇年、ロシア当局にひとつの希望が生まれた。新しい大統領が政権を執ったのである。たしかに彼は若くてやや内気そうだが、時宜にかなった真面目さと節制がエリツィン時代の一〇年間とは対照的である。彼はヴラジミール・プーチンという名で、まだ四七歳だ。この元KGBの中佐の頭には、ひとつの考えしかなかった。ロシアの威光を取り戻し、この国を世界の地政学の舞台で再び中央の位置につかせよう。手始めに、プーチンはロシアが軍事大国であることを思い出させようとした。ヒトラーとの戦いに勝ったのはロシアなのだということを。

二〇〇〇年四月二七日、ナチドイツに勝利してからまもなく五五周年という機会に、ロシア当局は機密資料の大展示会を開催した。そのタイトルにはロシア大統領の意図がはっきりと見てとれる。「第三帝国の終焉——懲罰」。これまで見たことのないものだ。全部で一三五の未公開資料が一般公開された。どれも第二次世界大戦の歴史家たちが半世紀前からずっと閲覧したいと夢見てきた資料である。「トップシークレット」とされてきたソ連の秘密情報機関の報告書、写真、証拠品……。そのすべてが、地下壕でのヒトラーの最期のときを明らかにするのに役に立つ。総統と親密だった秘書マルティン・ボルマンの日記も公開された。

「四月二八日、土曜日。われわれの帝国官邸はもはや廃墟の山にすぎない。世界はもはや風前の灯である。［…］二九日、日曜日。ベルリンに銃声の嵐。ヒトラーとエヴァ・ブラウンは結婚した」

ゲッベルスの子どもたちの写真、ナチ高官の手紙。例えばナチの建築家で軍需大臣のアルベルト・シュペーアは「ヒトラーは見る見るうちに衰えている。彼は神経の塊のようになり、自分を抑えることを全くやめてしまった」と書いている。しかし展示会の目玉はほかのところにあった。特別室の中。その光景については、フランスの日刊紙『ル・モンド』の記事に書かれている。

「赤いビロードを張った部屋の中央に、弾丸による穴が開いた焼け焦げた頭蓋骨の一部がある。ガラスケースの中の玉座だ[★2]」

展示会は世界的な大成功を収めた。ヨーロッパのあらゆる大メディアがやって来た。ロシア当局は賭けに成功したのだ。しかし、完全にではない。というのも、この頭蓋骨は本物なのかという疑問がすぐに生じたからである。メディアが疑問視したことで、展示会の主催者たちは困惑した。その中には、公文書館長である例のセルゲイ・ミロネンコもいた。私たちがGARFの長い廊下で見かけた人影が、このミロネンコである。二〇〇〇年当時には、この男は通路の壁際を歩くどころか、中央を闊歩していた。彼は皇帝《ツァー》のようにロシア公文書館を支配していた。ジャーナリストや歴史家たちは、ウォッカやフルーツブランデーの度をどんどん強めて彼に気に入られようとし、おもねった。それはとくに秘密の保管室から引っ張り出されたこの頭蓋骨の一部に近づく許可を得るためであった。展示会のさなか、不信感を持つヨーロッパ人たちは、誇り高きミロネンコを微妙な立場に落とした。この人体の一部をどうしてヒトラーのものだと断言できるのですか？　この指摘を公文書館館長は聞き続けた。本物であることには何の疑いもないと答えても無駄である。それだけでは十分でないことは、館長も強く感じていた。二〇〇〇年の展示会で学芸員を務めたアレクセイ・リトヴィネも、認めざるを得なかった。

「たしかにわれわれはDNA鑑定も行っていません。しかしあらゆる証言により、これはヒトラーのものだと結論づけられるのです[★3]」

証言？　異論の余地を残さない科学的分析はされていないのか？　この瞬間、ミロネンコは状況をコントロールできなくなるリスクを認識した。ヒトラーの死について、再び論争が始まるかもしれない。

ミロネンコは後ずさりするよりもむしろ前に進み、あえてもっと遠くまで進んだ。新たな鑑定？　外国人科学者に行わせる？　何の問題もない！　ミロネンコ館長は少なからず自信があった。パンドラの箱をわずかながら開けてしまった以上、もはや再び閉じることはできないだろう。

もちろんロシア当局は決してそうした分析を許可しないだろう。しかしミロネンコの発言によって希望が生まれた。そして許可の有無にかかわらず、頭蓋骨は解決すべき第二次世界大戦の最後の謎になったのである。

ラリサ・ロゴヴァヤは長い間ミロネンコの助手であった。就任したてのこのGARFの新館長は、現在も有名な前任者と同じ方法をとっている。決してジャーナリストと正面から対立しないのだ。大きな長方形の机を囲んで、私たち四人は立ったまま頭蓋骨を見つめている。ラナ、ディナとニコライというふたりの公文書館員、そして私。目はこの褐色がかった頭蓋骨にくぎづけだ。ラリサだけは黒い合成皮革の大きな肘掛椅子に座ったままである。彼女は私たちがこれを見ていたく感動しもっと先に進みたいと望んでいる様子を眺めて、ほとんど面白がっているようであった。これを鑑定したいという私たちの望みを、彼女は予期していた。一六年前のミロネンコと同じように、頭蓋骨の分析について検討する余地は十分あると、今度はラリサが言い切った。さらに、その分析を夢見ているとまで付け加えた。「私たちにとってよい機会になるでしょう」と、彼女は私たちと会ってから初めて微笑みを見せながら言った。

「いいでしょう。私たちはその方向であなた方を応援します。私たちを当てにしていいですよ」

ディナとニコライも同意のようだ。

「それによって、真実を明らかにできるかもしれません。そして、このどうしようもない論争を終わらせられるかもしれません。数年前にアメリカの自称研究者が引き起こした論争ですけれどもね」

ラリサの突然のしかめ面に、隠しきれない深い嫌悪感が表れていた。ふたりの館員は、まるで顔に冷や水をバケツ一杯分浴びせられたかのように、体を硬くした。やっとのことで彼らはある程度の平静さを保とうとした。どうしてそんなに不快なのだろう？　GARFの館長は二〇〇九年にアメリカの研究者チームが行った仕事についてほのめかしているのだろうか？ この出来事は当時大きな反響を呼んだものである。アメリカのコネチカット大学の考古学教授ニック・ベラントーニが、頭蓋骨の一部を採取したと主張した。その骨の一部は、彼の大学の遺伝学研究所で分析された。そしてその結果は、アメリカのテレビ局「ヒストリー・チャンネル」のドキュメンタリー番組で放送された。

「骨は非常に薄いようです」とベラントーニは説明した。

「男性の骨というのはもっとずっと頑丈なものです。しかも頭蓋骨の各部分をまとめる縫合線は、四〇歳以下の人間のものに相当します」

ベラントーニはロシア当局のシナリオを破壊しつつあった。DNA鑑定を根拠にして、彼はモスクワに保管されている頭蓋骨は女性のものだろうとまで主張した。ヒトラーとは何の関係もないと。再び疑いが生じた。このアメリカチームによる情報によって、陰謀説やヒトラー逃亡説があらためて脚光を浴びた。

ベラントーニのスクープはすぐに世界中のメディアに取り上げられた。流された情報を一言で言うと、「ロシアは何年も嘘をついてきた！」ということであった。ロシア当局にとって、この侮辱は苦々しいとともに屈辱でもあった。現在でも不快であることに変わりはない。GARFの館長が、このアメリカ人考古学者を館内で一度も見たことはないと言っているだけになおさらである。採取する許可を与えた形跡もない。ディナは先ほどラナが記入した訪問者票を再び手にした。私たちが書いたよりも前の欄に、いくつかの名前が書かれている。それは頭蓋骨を見る特権を得た、ごく少ない訪問者の名前である。二〇年以上の間で、名前はせいぜい一〇である。ディナは自分たちが正しい証拠として、私たちにそれを差し出した。

「この頭蓋骨を見たジャーナリストや研究者チームは、全員この票に署名します。ご覧ない。そのアメリカ人の名前はこの中にありません。彼はここに来ていないのです」

奇妙なことに、彼がGARFに来たという記録は残っていなかった。私たちの訪問とは違う。ニック・ベラントーニはこの事務上の謎を否定していない。私たちがメールで質問したところ、ベラントーニはごく簡単にこう答えた。

「ロシア公文書館で仕事をするための手続きは、すべてヒストリー・チャンネルのプロデューサーが管理しました。だから、私の名前がそのリストになくても驚くには値しません。ヒストリー・チャンネルの名かプロデューサーの名前で記録したのでしょう」

公文書館の館長はこれに反論する。明らかにするために、彼女は私たちに公式的な手紙までくれた。

「GARFはテレビ局及びベラントーニ氏その他に対して、ヒトラーの頭蓋骨の一部のDNA鑑定を行うことを承認したことはありません。そのことをお伝えしておきます」

アメリカの考古学者は許可なく行動したのだろうか？　ロシアのメディアからすれば、それ以外考えられない。この出来事は国家レベルのスキャンダルになった。コネチカットの考古学者は、西対東、資本主義圏対旧共産主義圏というほとんどイデオロギー的な論争の中心に立たされた。二〇一〇年にはロシアの全国放送のテレビ局NTV（ロシア政権に近い）が、ベラントーニの「スクープ」の特集番組を放送した。とくに第二次世界大戦を専門とするロシアの歴史家とその他戦争を知る世代の著名な歴々がいる前で、このアメリカ人は人々を落ち着かせようとした。とりわけ公文書泥棒と思われないようにしなければ。ベラントーニはまず始めに、自分は完全に合法的な仕事をしたと断言した。

「私たちはロシアの公文書館と契約を結び、正式な許可を得て分析したのです」

すでに見たように、この主張にGARFは反論している。

NTVでのニック・ベラントーニのインタビューに戻ろう。司会者が彼に、頭蓋骨に対して行った分析について聞いた。

「あなたは研究のために頭蓋骨の一部を自ら採取をしようと決めたのですか……」

ベラントーニ――「いいえ、私たちはそんなことはしていません！

［…］

それに、焼けた遺骸を扱うには難しい点がたくさんあります。遺伝学者にとって、こうした物質を調べるのはまさに悪夢です。この物質から性別を決定するマーカー的なものを抽出するのは、きわめて難しいのです。しかしわれわれは、そこに含まれる染色体が女性のものであることを確認することができました。したがって、ロシアにある頭蓋骨は女性のものであると結論づけられます。おそらくエヴァ・ブラウンのものでしょうが、それは確かではありません」

テレビスタジオに招かれていた人々の中で、ひとりの年輩女性が反論した。名前をリンマ・マルコヴァという。ソ連映画に出演していた有名な女性で、スターリン体制へのノスタルジーを体現する存在である。八五歳とはいえ、彼女は激しさを失ってはいなかった。

「その破片をどうやって取れたのでしょう？　いまや彼はこれを盗んだと世界に知らせたの

ですからね！　この人は自分がしたことによって刑務所に行くべきです」
ベラントーニ――「私はこの頭蓋骨を調べるよう要請された科学者にすぎません」
リンマ・マルコヴァー――「これを誰からもらったのか、ここで言ってください。公文書館のスタッフですか、それともアメリカのテレビ局の人ですか？」
相変わらずこの同じ質問。ベラントーニは追い詰められた。彼は生放送で自滅するのか？
ベラントーニ――「私たちはサンプルを採取して調査する許可を得ました。それは契約に織り込み済みです。もう一度強調したいのですが、私はこの計画に科学者として入ったのです。もしもっと細かい点を知りたいなら、放送局［ヒストリー・チャンネル］の責任者に聞いてください」

七年が過ぎた。今度は私たちがニック・ベラントーニに、頭蓋骨の一部をどのようにして手にしたのか説明してほしいとお願いした。彼はすぐに返事をくれた。
「私たちのチームは、焼けた骨の小片をいくつか取る許可を得ました。これは頭蓋骨からはがれたものであり、私たちは頭蓋骨を傷つけたり、それ自体から採取したりはしていません。［…］その破片をアメリカに持ってきたのは私ではありません。プロデューサーから渡されたものを、私たちが大学に戻って分析したのです。私はこの破片は役人からもらったのだと想像しています。それについては、ヒストリー・チャンネルで確かめられるでしょう」

そこで私たちは言われたとおりにした。

ヒトラーの頭蓋骨に関するニック・ベラントーニのドキュメンタリーを制作したのは、ジョアンナ・フォルシャーという女性である。私たちの質問に対する彼女の答えは簡潔だという利点はあった。

「この質問をよく受けますが、残念ながらこの頭蓋骨を手にした方法について細かいことは言えません」

そしてミステリアスな指摘で終わる。

「私たちがこれを手にしたような状況は、いずれにせよもう二度と起こらないでしょう」

ベラントーニとヒストリー・チャンネル・チームの登場から七年経っても、謎はそのままである。そしてGARFは深いトラウマを抱えている。

ラリサは歯を食いしばった。彼女の怒りは私たちに向けられたものではない。彼女はディナとニコライをにらみつけた。汚職事件？　スターリンの「戦利品」をしばらくの間アメリカの研究者の手元に置くために、公文書館のスタッフに金が流れたのか？

「何が起こったのかは分かりません」と、館長は立ち上がりながら言った。

「こうしたことがすべて不法であることは確かですし、私たちはこの分析の結果を認めません」

私たちの訪問はここで急に打ち切りになりかねない。ここにいられる時間を延ばす方法を見つけなければ。そして私たちが誠実であることを館長に納得させるのだ。私たちもこの頭蓋骨を調べたいのです。その許可を私たちに与えてくれるのは、どなたなのですか？　ただひとつの意味ある重要な質問を、ラナはラリサが部屋を出ようというときに投げかけた。返事はなし。慌てることなく、ラナは廊下まで館長のあとを追い、離さない。ふたりは今や秘書室に着いた。あと数メートルで館長は館長室に入ってしまう。ロシアの礼儀で、招待されない限りそこに入ることはできない。

「どのようにすればいいのでしょうか」と、ラナはできる限り丁重に繰り返した。

「館長だけでよいのですか？　大統領府ですか……？」

いらついたラリサが振り返る。

「もちろん、私だけじゃありません」。

彼女は続ける。

「捜査事務所でも行ってみればどうですか！　これは遺体の、いいえ、遺体の一部に関する犯罪調査以外の何物でもないのですから、この調査を再開できるのは司法省です」

周囲の壁の灰色がこのときほど陰気に見えたことはない。窮地だ。七〇年代のソヴィエト体制から生まれたロシアの官僚制といういまわしい産物が、私たちを打ち砕こうと待ち構えている。

「それには何か月もかかると思いますが、私はあなた方の要望を応援しますよ」

ラリサは私たちが打ちひしがれているのを感じていた。彼女はほとんど残念がっているようにもみえる。「心配しないで」と彼女は最後に私たちに言った。

「ありがとうございます《スパシーバ》、ありがとうございます《スパシーバ》」

ラナは感謝し、私にも真似するよう合図した。再び館長の顔がゆるんだ。

「実際、誰が分析をしに来るのですか？　科学者として完璧な、アメリカ人じゃない人を見つけてください。とにかくアメリカ人は駄目ですよ」

★1——Le Monde, 09/05/1945.
★2——Le Monde, 02/05/2000, Agathe Duparc.
★3——Libération, 02/05/2000, Hélène Despic-Popovic.

二〇一六年一〇月、モスクワ

　シリア戦争、クリミア併合をめぐるウクライナとの紛争、アメリカ大統領選での干渉の可能性……。ロシアと関係する多くの危機がそれぞれプーチン体制を内向させる理由であり、また国立公文書館での私たちの調査をいくらか余計に複雑にする理由でもある。

「今は時期がよくないですね」と、各所に広がるロシアのさまざまな行政機関で私たちは繰り返し言われた。来月になれば条件はよくなっているだろう。夏休みのあとなら、万聖節の休みのあとなら……。こうして六か月が過ぎた。イヴァン雷帝の町に新たに三回滞在。パリ・モスクワ間を三往復。どんな結果のために？　何ひとつなし！　ラリサはＧＡＲＦの館長にとどまっていたが、その後返事もくれない。ＧＡＲＦ事務局は館長と私たちの間に、奇跡に近いほど巧みに壁を築いていた。私の相棒のラナはまだソヴィエト連邦と呼ばれていた時代に、この国で育った。だからロシア当局の反応を理解している。

「ロシア人の目から見れば、ヨーロッパは私たちの不幸を望んでいるし、私たちを拒絶するのよ」と彼女は説明する。

「私たちのヒトラーに関する調査は、危険がなくはないものよ。この頭蓋骨の話は、ロシアでは大きな象徴なの。第二次大戦中の国民の苦しみの象徴、私たちの抵抗と勝利の象徴なのよ。頭蓋骨が一般公開されてからというもの、これが本物かどうかがたびたび問題視されてきたわ。それによって、私たちはソ連の過去の栄光を少しずつ奪われているのよ」

なかでも、アメリカの大学にバックアップされたアメリカ人が疑問視したことは、ロシア人にとって偶然とは思えなかった。しかもそのドキュメンタリーを制作したテレビ局も……アメリカときている。これはかつての連合国アメリカによる揺さぶりの試みとしか思えなかったのである。一九四五年五月から七〇年以上、米ソはヒトラーに対する最終的勝利者としての立場を争いつづけてきた。そしてヒトラーに関するあらゆる調査が、ロシアでは非常にやりにくくなった。何より複雑になった。

「ヒューマン・ファクター」

ラナはあきらめない。お守りの言葉のように、呪文のように、彼女はこの二語を大きな声で繰り返す。

「私の国では理性的に行動するのではなくて、自分の直観に従って動いて、相手の隙を突かないといけないの」

だからヒューマン・ファクターか。何度も公式的に要請しても駄目なのだから、大胆にいくとしよう。

ホリズノヴァ通りは、湾曲するモスクワ川に囲まれたシックな地区にある。ロシア連邦国立公文書館ＧＡＲＦがあるのはここである。

定期的に何度も通ったおかげで、一週間の警備員のシフトについて、もはや私たちに知らないことはない。私たちのお気に入りは火曜日。この日はどちらかというと感じのよい女性軍人が、入館者のチェックをする。月曜の融通のきかない厳しい口ひげや、金曜の鼻のでかい間抜けとは大違い。小柄な火曜の女性警備員は机の向こうでいつも陽気で、回転ドアを動かして毎回問題なく私たちを通してくれる。そしてじめじめしたこの秋の火曜日も、彼女はそのよい習慣を変えなかった。彼女は私たちが来る理由を予想している。

「相変わらずヒトラーでしょ？」

いまやＧＡＲＦでそれを知らない者はいない。

「今回はどんなこと？」

彼女は私たちの名前を記録簿で確かめながら尋ねた。

「あら、ディナね。ディナ・ニコラエヴナ・ノコトヴィチに会いに来たの?! 彼女がどこにいるかは、知っているでしょう……。まっすぐ行って、中庭の奥の最後の建物……」

ラナがその言葉を継ぐ。

「真ん中のドア、五階のすぐ左」

なごやかな口調を心掛けているとはいえ、ラナも私もそんな気分ではなかった。この訪問に大きく賭けていたからだ。

私たちが六か月前に館長の前で頭蓋骨を観察したときに、ディナ・ノコトヴィチは同僚の青白いニコライとともにその場にいた。もはや年齢不詳。時の流れは、このエネルギッシュで小柄な女性を攻撃することをやめていた。ロシア公文書館の薄暗い部屋は、秘密の力を、時に関する勅書のようなものを、隠しもっているのだろうか? そうかもしれない。彼女の執務室まで階段を上っていくだけでも、過ぎ去った過去に、全体主義のソ連のユートピアの時代に入り込んでいくような印象を受ける。一階上がるごとに、過去の一〇年間が映し出される。上るにつれて、階段や壁の磨滅がひどくなる。五階の踊り場に着くと、私たちは四〇年のときを遡っている。そこは七〇年代半ばだ。ブレジネフ時代。この止まった時代の中で、GARF特別資料部長ディナ・ノコトヴィチは今も、そして今後も生き続けるのである。

このＧＡＲＦの優秀な職員と差し向かいで話すという考えは、すぐに思いついたわけではない。四月に初めて会ったときには、熱意が見られなかった。ディナは無言ではないにしても控えめで消極的、私たちに対してほとんど敵対的で、私たちの調査に特に関心を示さなかった。少なくとも私たちはそう思っていた。彼女の秘密をまだ私たちは知らずにいたのだ。それが分かったのはごく最近、一〇月末のこの約束した日の前日にすぎない。ラナと私はＧＡＲＦであらためて公文書資料を調べていた。資料整理係の若い女性はこれほどしょっちゅう私たちが来ることに驚いていた。彼女はひどく内気だったが、最後には私たちが来る理由を聞いてきた。ヒトラーの頭蓋骨、死、調査……。そして頭蓋骨を分析するために待っていること。

「頭骸骨？　でも、それは彼女よ。それを見つけたのはディナよ」

頭蓋骨を⁈　私たちのリアクションがあまりに大きかったので、若き資料整理係は恐れをなした。それはどうでもよい。絶対にもっと詳しく知らなければ。つまりディナが頭蓋骨を見つけたわけだ。でも、どうやって？　いつ？　どこで？

「それを彼女と一緒に見れば……」

われらが情報提供者は防衛態勢を保ちながら反応した。

「ほら、あそこにいるわよ。彼女に直接聞きなさいよ」

特別資料部長、われらが新たな友ディナは、あまりにも早くから始まった一日の仕事を終え、すでに疲れ切っていた。この老齢の公文書館員が分厚い防犯扉――公文書の棚へと続くたくさんあるドアのひとつ――を閉めたとき、ラナは例の「ヒューマン・ファクター」理論を実践に移した。失敗。ディナはなびかない。どうすればいいのだろう？　ディナには時間がない。気持ちもない。ラナは話の接ぎ穂を失い、しがみつけるわずかな角も、わずかなとっかかりも見つけられなかった。では自尊心は？　それならうまくいくかもしれない。

「ヒトラーの頭蓋骨に関するどの記事にもあなたについて語られていないのは、変じゃありませんか？」

私はラナに一語一語訳してくれるよう頼んだ。彼女は完璧に実行した。私はディナの答えを待たずに続けた。

「この頭蓋骨が日の目を見たのはあなたのおかげだと、今聞きました！　あなたは重要な歴史的発見をしたんです。これは公にすべきことですよ！」

「ダー、ダー」

ディナは何度か「ダー」、つまり「イエス」を繰り返して答えた。彼女も同じ気持ちだ。私たちが話していた通路は二平米もないうえ、三つのドアとエレベーターに通じている。打ち明け話を聞き出すには理想とは真逆の場所である。

「お茶でもいかがですか。ロビーか、レストランで。もっと落ち着いて話ができますし……」。初心者のように不器用でロシア文化も知らない私の失敗を、あとになってラナから説明された。男は女性をお茶に誘ったりしてはならない。たとえ相手が自分のおばあちゃんぐらいの年齢だとしても。仕事場で会うのはよい。それは可能だ。明日は？

「いいでしょう、明日。お望みならばね。でも、そんなに面白いとは思いませんよ」

ディナは中学生のようにしなをつくった。

職員の重要度のレベルを執務室の広さで判断するのであれば、ディナはトイレ管理のおばさんといったところだろう。ロシア連邦全体にわたる国立公文書館の特別資料部長とはほど遠い。こんなに狭くて居心地の悪い部屋にいるということは、彼女はどんな過ちを犯したのか？低い天井に、子どもの頭が通るのも難しいほど狭い窓がひとつ。彼女の執務室に三人以上の人が入ったら、酸素が足りなくなってしまう。この部屋は階段に直接通じている。ほかの階では普通トイレがある位置だ。だから、「トイレのおばさん」。

一〇センチ近く高く盛った銀色のふさふさした髪が、私たちの前の合成樹脂のテーブルの上でゆっくりと揺れる。ディナは薄暗い中で座って仕事をしていた。私たちが着いても、その動きは乱れない。彼女のバロック風の髪の毛は重力の法則に抵抗し、力強く頭部にとどまっている。髪のかたまりからは乱れ髪のひとつも離れない。これはカツラなのか？　顔も上げずに、ディナはラナに話しかけた。そして自分の時間がどれほど貴重であるかを力説した。それに対して私たちは、それはよく分かっていると言い、仕事を中断させることを謝った……。ラナは照れもせずに大げさな物言いだ。ディナは不愉快な気持ちを隠さずに聞いていたが、ついに意を決して私たちを見た。

「約束のことを忘れていました。昨日言ったように、私が何かあなたたちのお役に立てるかは分からないし、分類しなければいけない資料がたくさん残っているんです」

衝撃的なほどの変化だ。感動的。ディナは舞踏会に行くかのように着飾っている。頬と唇には色をさしている。ピンク、あるいはうす紫か淡いブルーかもしれないが、いずれにせよとても目につく。いや、ディナは忘れてはいなかった。私たちを待っていたのだ。ラナと私はようやく緊張がゆるんだ。インタビューはうまく運ぶに違いない。

サイゴンは陥落した。ベトコンは二〇年間の戦いに勝った。この一九七五年、共産主義は勝利し、すべての大陸に広がった。ソ連はかつてのように世界に対して影響力を発揮し、アメリカと対等にわたりあうようになった。モスクワの飢饉はずいぶん前から解消され、政治的粛清はめったになくなった。ソ連の人々にとって、ようやく将来が輝いて見えた。一一年前から国を率いているのはレオニード・ブレジネフ。共産党幹部としての重々しい顔を見せていたブレジネフは、たしかに天才肌ではないが、スターリンほど恐ろしくはなかった。このようにほぼ落ち着いたソ連で、三五歳のディナ・ニコラエヴナ・ノコトヴィチの人生は、短い間に激変した。GARFはまだ存在していなかった。すべての国家機関に（ソ連に民間部門は存在しないのだから当たり前だ）、ソ連にふさわしい名称が付けられた。ディナが働く機関も同様で、名称は地味に「一〇月革命・社会主義樹立国立中央公文書館」といった。それが四一年前。今とは違う時代、違う国、違う体制下のことである。

ディナは一文話すごとに唇にしわを寄せずにはいられない。目は今この瞬間からは遠い想像上の一点を見つめている。GARF内の小さな執務室から、二一世紀の新資本主義のモスクワから、遠いところ。彼女は長い間黙っていたが、ようやく口を開いた

「私は公文書館の『機密』部門の責任者に任命されました。一九七五年のことです。このポストはほかのポストとは全く違いました。わが国の、つまりソヴィエト連邦の歴史に関する機密

資料を扱うわけですからね。当時国は完璧に機能していて、能力のあるスタッフが不足することはありませんでした。普通であれば、私がきちんと任務を果たすのに必要な基本的な情報は前任者から伝えられるはずです。でも驚いたことに、そういうことが何も行われなかったのです」

「機密」部門の前の責任者は、ごく簡単に言うと姿を消していた。どこかに出発したのか、飛び立ったのか、形跡はない。まるでもともと存在しなかったかのように。しかも今ではディナはその名前さえ思い出せない。その人に何が起こったのか？　急にほかの組織に異動したのか？　事故？　重い病気？　ディナには何も分からなかったが、尋ねることもしなかった。当時この人民の「天国」は、スターリンの意向――生き残り本能だという人もいる――によって支配されていた。ソ連では、いなくなる人は残っている人に何も期待できなかった。その人の思い出は全員の記憶から消されたのである。この一九七〇年代の朝、ディナはヒロインぶるつもりはなかった。前任者は見つからない。仕方ないじゃない。自分ひとりで何とかするのだ。

「私は自分がどんなタイプの資料を管轄するのか、知りたくてたまりませんでした。今でも覚えていますが、新しい執務室に入ったとき、金庫がいくつかあるのを見つけました。保全部から鍵は渡されていましたから、開けることはできました」

現在でもこの巨大な金庫はGARFの大部分の部屋にでんと置かれている。食器棚のように背が高く、冷蔵庫ぐらいの幅がある。何が隠されているんですか？　私たちの疑問に返事は一切なかった。おそらく単にカラなのだろう。重すぎて動かせないから置きっぱなしなのかもしれない。一九七五年には、ディナの金庫は実際に使われていた。

「中には資料だけでなく、物品もありました。いちばん驚いたのは、どの物も目録に記載されていなかったことです。符号も付いていないし、記録簿もない、分類も一切されていないのです。単に存在しないもの扱いだったわけです」

当時多くの人々は何でもすぐに金庫に入れて、存在を忘れてしまうという特殊な注意を払っていたらしい。でもディナは違った。

「私はとても知りたかったですし、怖くもありませんでした。どうして恐れたりするでしょう？　禁止されたことは何もしていないのですから。私は同僚に来てもらって、ふたりでその宝物を調べ始めました。布に包まれたもののもありました。ほかより大きいものもありました。その中でいちばん小さい箱を開けたとき、私たちはかなりぎょっとしたと言わざるを得ません。人間の頭蓋骨の一部だったのですから」

ディナの話は金属がカタカタいうような奇妙な音で遮られた。音はディナの執務室に近づく。ニコライだ。スーパーのカートのようなものを押しながら入ってきた。頭蓋骨の扱いについてうるさい、乳白色のような肌をしたニコライ・ヴラディミルセフ。ニコライが来たことで、もはやいないのはGARFの館長だけになった。館長もいれば完全なのだが。ニコライが来たことに、ディナは驚かなかった。彼女は立ち上がって、私たちについてくるよう言った。残りの話は六か月前に頭蓋骨を見せてもらった一階の部屋で聞くことになる。ニコライは私たちの挨拶に応えようともせず、また話を中断させたことを謝ろうとさえせずに、奇妙な小さなカートを押しながら私たちのあとをついてきた。眠りについているかのような廊下で、車輪が床のタイルを叩く音が仕掛け爆弾のようにとどろく。長方形の机のある部屋に着くと、ディナは座り、私たちにも座るよう言った。ニコライはカートを隅に置き、そこから古い資料と厚いコットンの布を出した。この場面は無言で展開した。そのがらくたのようなものをすべてどこに置けばいいか、ディナがニコライに手で指し示した。書類は机の端、使い古された布は私たちの目の前。

「ほら……私が見つけたものが全部ここにあります」

ディナが私たちに言うと同時に、ニコライが優雅な大きな身振りで布を開いて見せたのは……テーブルの足のようなものだった。

「近づいて見てください。いいですよ」。ニコライは弁舌の才を取り戻し、ほとんどおしゃべりなぐらいだった。

「これはアドルフ・ヒトラーが確実に死んだことを示す、もうひとつの証拠です。ヒトラーの長椅子の木の構造物で、彼の血の跡がついています」

ＧＡＲＦの館長ラリサは、私たちがここでこの歴史的な証拠品を前にしていることを知っているのだろうか？　このちょっとした出し物をすべて企画したのは、彼女なのだろうか？　そうでなければ驚きだ。館長の承認がなければ、何も決定することはできないのだから。とくにアメリカの考古学者の懐疑的な出来事があった

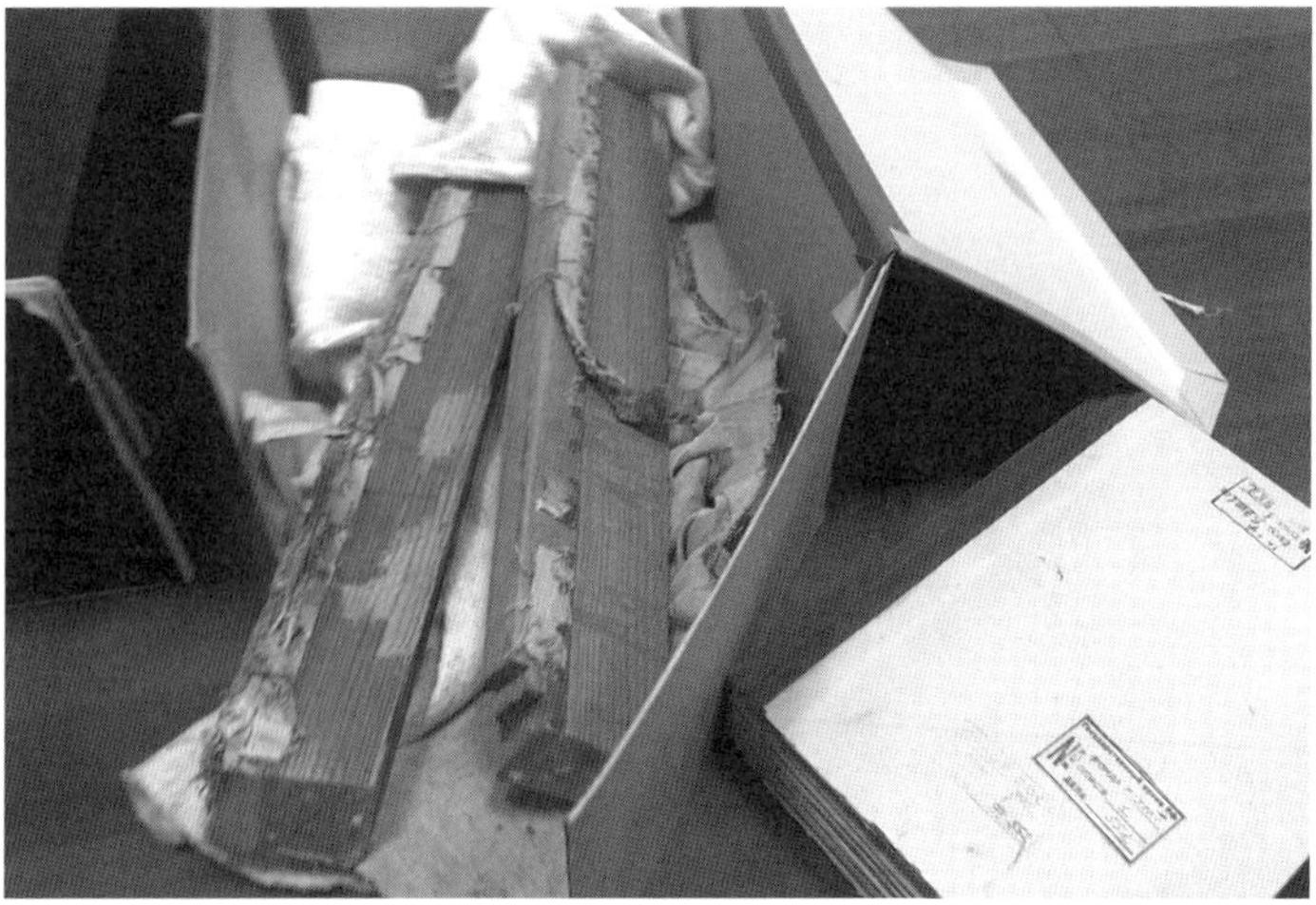
ヒトラーの長椅子の木片。黒っぽい流れの跡が見える。これはヒトラーの血なのか？

あとのことだ。私はラナが得意の「ヒューマン・ファクター」をもちだしそうになるのを押しとどめ、親愛なるふたりの新たな友ディナとニコライに対する質問に戻った。「頭蓋骨だけでなく、実際この木の破片もあったのです」とディナは言う。

「最初金庫から箱を出したとき、これが何なのか見当もつきませんでした。でもよく調べると、一枚の紙が見つかりました。それには、『アドルフ・ヒトラーの頭蓋骨の一部。国立公文書館に移送のこと』と書いてありました。私たちは意図せずに、一九四五年以来最大の謎のひとつを明るみに出してしまったわけです」

秘密主義、情報の細分化に対する限りない配慮、このふたつの掟に背いた場合の処罰。ディナの長年の仕事人生は単純に言えばそう要約される。もちろん公文書館員はKGBに属しているわけではないが、それでも彼女はスパイのように行動しなければならなかった。楽しいからではなく、義務だから。ソ連の公文書館員は全員その階級と信任のレベルによって、当局から同じ妄想的な監視を受けていた。それは単に、体制の母体の中心、すなわち口外できない秘密を知り得る立場にいたからである。第二次世界大戦中にスターリンの命令で二万数千人のポーランド将校がロシアの森(カティンの森)で処刑されたカティンの虐殺、共産主義の毛沢東のライバルで右派の中国国民党指導者である蔣介石との会談、あるいは赤軍の内部抗争……。公文書を管理する者は公式的な歴史を書き換えることも、その歴史のもととなる伝説を指でパチンと崩すこともできる。多くの国と違ってロシアが過去に鍵をかけ続けていることに、何の驚きがあるだろう？　現在でも公文書を閲覧するには基本的に条件がある。一方で開かれた資料もあるが、他方で国家の高次の利益を害し得る資料もあるからである。国家の利害にかかわるものは「機密」部門に入れられ、体制トップからの特別な許可がおりない限り閲覧することはできない。つまりほぼ無理ということだ。ロシアの資料で問題なのは、何でもかんでも「機密」扱いにされている可能性があることである。

ディナは一介の公文書館員という立場で、この出来事に身震いもせずに、日陰者のような生活を受け入れなければならなかった。少なくとも一九九一年末の体制崩壊までは。「ソ連時代は別の時代で、別の掟がありました」と彼女は顔をしかめながら言った。このゆがんだ顔は、非難の意味なのか、それともノスタルジーなのか？

「一九七五年の生活は今とは違いました。私は考え方や物質的な快適さなど、すべてについて言っているんです……。私たちは仕事の中で、いくつかの命令に従わなければなりませんでした。そして多くのことが『防衛機密』にされていました……」

命令の中で最も重要なもののひとつが、あらゆるものを警戒するということであった。同僚も、近所の人も、自分の家族も。そして反体制的な策動がわずかでもあれば、上司に報告すること。公文書館の金庫の奥にあった箱から、そこに隠されていたヒトラーの頭蓋骨を見つけたことは、反体制的なことなのだろうか？　その可能性はある。

発見したあと、ディナは後に引けなくなった。上司の決定を仰がなければならない。すぐに明らかになったのは、部局の中で誰も人間の頭蓋骨について聞いたことがないということであった。

「私の前任者だけがその存在を知っていたのだと思います。でも彼がいなくなったので、この話の真相は分かりませんでした」

それだけ？　ディナがヒトラーの頭蓋骨を発見したというこの話は、これで終わりなのか？彼女は報われなかったのか？　昇進したとか、功績のある市民が住む地区のもっと広いアパートに住めたとか？

「何もありません。館長は私に、これについて決して話すなと言いました。あなたたちには理解できないでしょう。おふたりともあまりにもお若いですからね。ラナ、あなたはロシア人ですか？　ソ連の体制について、ご存じではないですか？」

ラナは何ひとつ忘れていなかった。人が遠い子ども時代のことを思い出すときのように、ラナはソ連についてたびたび熱く語る。ブレジネフは太り、年をとっていた。ラナが生まれたときは、まだブレジネフが国を率いていた。一九七八年のことだ。ディナの出来事があったのは、ほんのその数年前である。老公文書館員はこう話す。

「当時の雰囲気は本当に独特でした。すごく独特。この頭蓋骨に関する情報のようなものは、沈黙を守れない人にとっては首が飛びかねないものでした。ヒトラーとその骨については『トップ・シークレット』に分類されたままでした。この年月の間、私は沈黙するという義務を一度も破ったことはありません」

ニコライが私たちの前に一冊のアルバムを置いた。彼は同僚の話をそらで言えるほど知っているらしく、気にもとめない。アルバムの中には、白黒写真が丁寧に貼られていた。黒インクで枠が囲んであり、それぞれに多少とも長い説明が細心の注意を払って手書きされている。

ラナがそれを訳してくれた。

「新帝国官邸の入口……官邸の庭……地下壕の入口……」

私たちが手にしているのは、ヒトラーの死に関する調査の写真報告である。日付は一九四六年五月。ここにはすべてがある。地下壕の概観、内部、そして何より犯行場所というか、少なくとも自殺の現場。しかし遺体はない。ヒトラーが死んだとされる長椅子は、あらゆる角度から撮影されている。

正面から、横から、下からと、いかなるアングルも抜けてはいない。なかでも取調官の注意を引いたのは、肘掛けである。長椅子の右側に黒っぽい流れの跡がはっきりと見分けられるからである。次のページも肘掛けの写真だが、こちらは長椅子から切り離されている。説明はこうだ。

「血痕がある長椅子の一部。証拠物件とするため外した」

その形も大きさも、ニコライが持ってきた木片と完全に一致する。「同じものです」とディナ

ヒトラーの死に関する1946年5月のソ連の調査アルバム。これは総統地下壕の非常出口。

は断言した。

「ソ連の秘密情報機関がモスクワに持ち帰るために、長椅子から外したのです。この血痕を分析して、ヒトラーのものであることを確かめようとしたわけです」

ニコライが木片のひとつを摑んで、一九四六年五月にソ連の科学者が肘掛けのどの部分を取ってきたのかを見せてくれた。彼は明らかに滅菌手袋をつけていない。それによってDNAが残っていても消してしまうことを知らないのだろうか？ 私たちが指摘したときも、彼は分かっていなかった。一九四六年の採取の結果はどうだったのだろう？ 「血液型は『A』型でした」とディナが言う。ドイツ人には非常に多い血液型で（四〇パーセント近く）、とくにナチの説ではA型は「アーリア人」である証拠だとされていた。もちろんヒトラーはこの血液型であった。

アルバムの最後のほうのページは、頭蓋骨関係が続いている。ヒトラーのものとされる頭蓋骨、これは私たちが前にこの同じ部屋でしばらく見ることができたものである。ある写真では、頭蓋骨上の穴のあるところに赤い矢印が付けられている。

ソ連の秘密情報機関は、弾丸の出口のようなところを強調している。この頭蓋骨が本当にヒトラーのものであったら、彼は頭の真ん中に弾丸を受けたことになる。一九七五年時点では冒瀆的な仮説だ。ディナにとって、どれほど危険だっただろう。ソ連が崩壊するまで、当局は考えを曲げようとはしなかった。ヒトラーは服毒自殺した。それはソ連の指導者から見れば臆病者のやり方だ。スターリンが正しいと認めたこの説は、弾丸の跡がある頭蓋骨が公になったら成立しなくなってしまうのだ。

ディナは今後何十年もこの秘密を抱えて生きなければならないだろう。外国に旅行に行く権利もなく、当局の監視下に置かれ、仕事を変えることもできないだろう。こうして彼女は四〇年間同じ仕事を続け、誰も閲覧できない埃まみれの書類の中で衰えていったのだ。彼女は言う。

「私たちの部署は『特別資料部』といいました。そこには機密資料しか保管していませんで

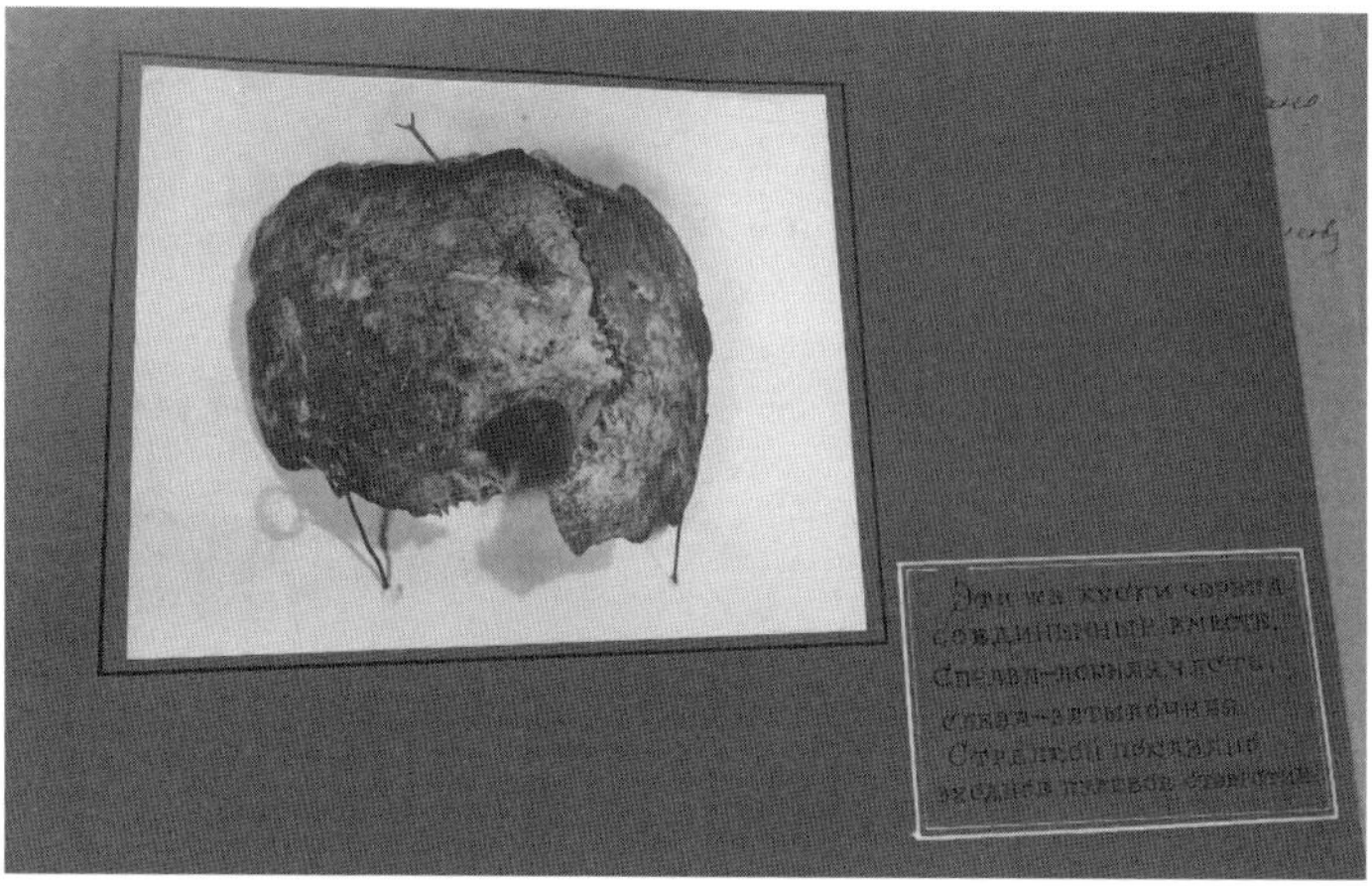

ヒトラーのものとされる頭蓋骨の一部の写真。銃弾によってできたとみられる穴に取調官が矢印を付けている。

した。そして何であれ、機密扱いを解くことなど問題外でした。この部署の職員は、誰も自分の仕事について話すことさえできませんでした。職員同士の間ですら、担当する資料について話すことはできなかったのです。ほかの階とのやり取りも一切ありませんでした」

このかくしゃくとした七〇歳代の女性は、今なおその使命を変わらぬ真面目さで果たし続けている。しかし欲望や楽しみからは、長らく見捨てられているのだ。ディナは自分の国の新たな規則について、もはやよく分からない。機密扱いを解除され、再分類されて、どんな資料なら閲覧できるのだろう？　彼女はまごついてしまうのだ。

「頭蓋骨について私が初めて自由に話せたのは、一九九〇年代初頭でした。上司たちが研究者に突如あらゆる扉を開いたのです。多くの歴史家に続いて、すぐにジャーナリストもやってきました。大変な数のジャーナリストです。そしてそれによって、すべてが複雑になってしまいました」

一九九三年二月一九日にロシアの日刊紙『イズベスチヤ』に掲載された記事が、新たな危機の始まりとなった。「私はヒトラーの頭蓋骨の一部を手にしている」と、女性ジャーナリストのエラ・マキシモヴァは書いた。

「それは極秘として、『万年筆用青インク』というラベルのついたボール箱に保管されていた。地下壕に置かれていた、血痕のついた長椅子の木片も同封されていた」

このスクープを最初に暴露したのはこの女性である。このニュースはすぐさま世界中で取り上げられた。何年も前から、KGBはヒトラーの遺体を破壊しつくしたのではなく、モスクワのどこかに隠し持っているという噂が広がっていた。それに対してある全国紙が、その伝説は一部真実であると主張した。いや、その頭蓋骨は偽物ではないか？　それはロシア人が大好きな裏工作のひとつにすぎないのではないか？　ヨーロッパの歴史家たちは直ちに反論した。そんなことは全部でたらめだと、彼らは主張した。ヒトラーの頭蓋骨だと？　あり得ない！

外国のメディアは沸き立ち、実物を見たがった。共産主義の虚飾から解放されたばかりのロシアでは、金銭が規則を定めた。何でも買われ、何でも売られ、何でも値段がつけられた。ヒトラーの頭蓋骨も？　そうだと言う人もいた。ドイツの雑誌『シュピーゲル』の特派員が、大金を出せば頭蓋骨とヒトラーの最期の数時間に関する目撃証人の尋問調書六通を見せるという申し出があったと語ったときには、緊張が高まった。しかもルーブルで支払うのではなかったという。ロシア人はあまりにも欲深かったらしく、『シュピーゲル』誌は競りから身を引くほうを選んだ。「われわれは彼らが要求した額の半分でも出さなかっただろう」[★1]と、この雑誌の当時のモスクワ特派員は語っている。「こうした記事は、私たちにとって大迷惑でした」とディナは言う。

「ジャーナリストたちときたら……。頭蓋骨を見せようとしなかった、金銭を要求したという話は嘘です。それを証明するために、当局はのちの二〇〇〇年に戦後に関する大展示会を開いて、ヒトラーの遺骸の一部を公開しようと決断したのです」

すでに記したように、それは成功した。しかしその後頭蓋骨の鑑定に関してまたもやあれこれ言われたため、ロシア当局はそれを箱に戻して今後ジャーナリストを近よらせないことを決定した。

「もちろん、これが本当にヒトラーのものか、誰もが知りたがっています」

ニコライはずっと感じ続けてきた軽いいらだちを隠しきれなかった。

「あなた方はこの頭蓋骨を調べ、分析したいのでしょう？　私としては、これが間違いなくヒトラーのものであることは分かっています。私はヒトラーがどのような形で自殺したかも知っています。調査資料は全部読みましたからね。一九四五年に調査が開始されて以来、すべて明らかになっています。でもあなた方がやり直したいのなら、どうぞ」

これは私たちが何度も要請したことに対してようやく得られた答えなのだろうか？　この奇妙な公文書館員は、私たちに館長の決定を伝えたのだろうか？　「私たちは実際に頭蓋骨を調べてもいいんですか？　そういうことですか？」。ディナとニコライは顔を見合わた。ふたりは口を開くことをためらった。

「私たちの仕事は、後世の人々が閲覧できるように公文書をできる限り最適な状態で保管することです。科学的調査をするような立場にはありません」

ニコライははっきりとは答えなかった。ラナはその点についてできるだけ丁重に指摘した。ニコライはいつもの抑揚のないか細い声で、再び口を開いた。

「そうした質問はすべて私たちには関係ないことです」

微笑み。つねに微笑みを絶やさないこと。たとえ多少ひきつった笑いだとしても。私たちがこの非常に重要な答えを得るために努力を集中すべきなのは、年齢やここでのキャリアの長さを考えれば、ディナに対してである。「私は可能だと思います、ええ」と彼女はついに認めた。では、いつ、どのように、誰が？　決定すべき点、明らかにすべき点はたくさんある。私たちは優秀な専門家を連れてすぐに戻ってくることもできる。すでに人選ずみだ。この道に通じた人物である。「名前は？」と、ニコライが聞いた。

「ご存じでしょう。手紙ですべてご説明しましたから。フィリップ・シャルリエという人で、フランス人です。法医学博士で、フランスでは大家です。ご存じのはずです。アンリ四世の頭蓋骨の鑑定をしたのが、この人ですから」

私たちは同意を得た。ラナは言われたことを最終確認するために、ふたりの公文書館員と話している。その間、私はニコライが親切にも持ってきてくれていた書類を食い入るように見ていた。それはヒトラーの死に関するソ連の秘密情報機関の報告書であった。私は特別にそれを写真に撮る許可を得た。「全部いいですか？」と私は尋ねた。ニコライはオーケーしてくれた。遠慮しない。すべて撮ろう。ディナが私を横目で見る。むっとしているのが感じられる。かくも貴重な資料を自由に写真に撮る外国人。彼女は納得できないに違いない。彼女は私の周りをうろうろして、ロシア語で二言三言ぶつぶつ言った。私は何も理解できないが、それがむしろ都合がいい。彼女は同じ言葉を繰り返す。私は続ける。突然彼女はいらだって、まだニコライと話していたラナを呼びつけた。ディナは私を指さし、せかせかしながらラナに話しかけた。

ラナはいくぶん焦った様子で、私のほうを向いた。

「終わりよ。写真は一〇枚しか撮ってはいけない。それ以上は駄目よ！」

私は何も聞こえないふりをして撮り続けた。ラナはいまや明らかにディナにどなりつけられている。なぜ一〇枚？　私は時間稼ぎをしようと思い、驚いたふりをした。ニコライは何枚でもいいと言ったではないか。「そういうもんよ」とラナは答える。

「彼女は一〇枚もあれば十分だと思っているのよ」

この親愛なるディナをどうして恨むことなどできよう？　彼女は仕事人生のすべてをこの機密資料を守るために捧げてきたのだ。無遠慮な目からこれらを守った四〇年が消えることはない。私を見た彼女のショックが想像できる。資本主義者のフランス人に、自分の職業生活の宝物を目の前で奪われたのだから。しかし彼女の反応は遅すぎた。私はすべて撮り終えていた。ヒトラーに関する書類はすでに私のスマートフォンのメモリーに入っている。数百ページの翻訳と整理。時間がかかる細かい作業になりそうだ。

★1――The Independent, 20/02/1993, Helen Womack.

二〇一六年一〇月–一一月、パリ

ＧＡＲＦで写真に撮った資料の最初の翻訳が早々に到着した。ラナはすばらしい仕事をした。彼女は日中仕事をして、夕方に送ってくれることが多い。ヒトラーのこの調査のほかに、彼女はロシアのメディア向けのライターの仕事も続けている。私のほうはフランスに戻り、翻訳された資料をテーマと日付ごとに分類している。かなりわけの分からないものもある。ひどくお役所的な言い回しの文章には、知らない名前や難解な略語が満載だ。ロシアの取調官は詩的センスを誇ったりはしない。彼らの仕事は有効性と正確さによって決まるのだ。私が受け取った最初の資料の中にはこんなものもあった。

トップ・シークレット
同志スターリンへ
同志モロトフへ

一九四五年六月一六日、ＵＲＳＳ〔ソヴィエト社会主義共和国連邦〕のＮＫＶＤ〔内務人民委員部〕は第七〇二／b号として、ベルリンの同志セロフから受け取った書類を貴殿及び同志スターリンに提出しました。それは、ベルリンにおけるヒトラーとゲッベルスの最期の日々に関するヒトラーとゲッベルスの側近数人の尋問調書の写しと、ヒトラーとゲッベルス及び両夫人のものと推定される遺体の状況説明と法医学的検査調書の写しです」

あらゆるものが揃っている。スターリン、ヒトラー、ゲッベルスなど歴史的な重要人物の名前も、NKVDやURSSのような略語も。しかしこれは始まりにすぎない。同じくらいインパクトのあるほかの名前や略語もそれぞれ呪われた過去から出現する亡霊として、調査を続ける数か月の間に私たち、ラナと私に取り憑くのだろう。例えばドイツ側では、ヒムラー、SS［ナチ親衛隊］、ゲーリング、第三帝国……。ソ連側では、ベリヤ、モロトフ、赤軍、ジューコフ……。

こうした報告書のほかに、私たちは一連の説明つきの写真や数枚の絵も集めた。そのなかには、ヒトラーの地下壕の見取り図も何枚かある。それらは最後まで総統の近くにいた捕虜やSSが、ロシアの特別部局から命令を受けて紙に鉛筆で手描きしたものである。これを描かせた目的は、敵が防空壕内でどのような生活をしていたかを知ることにあった。そこにはすべてが詳しく記されている。ナチ総統の居住部分、エヴァ・ブラウンの寝室と浴室、会議室、トイレ……。

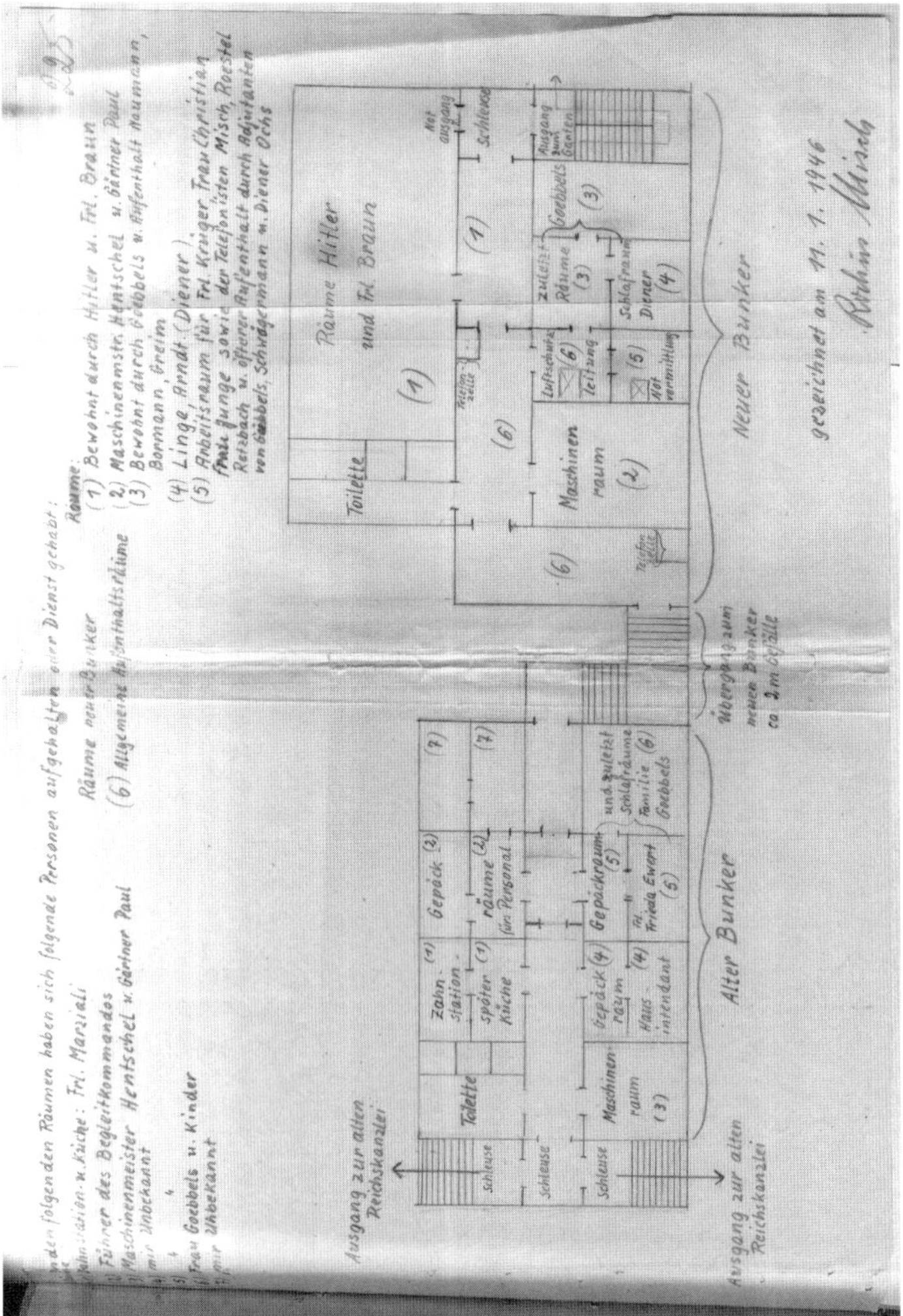

SSの捕虜ローフス・ミシュがソ連の取調官の命令で描いた総統地下壕の図。（GARF公文書館）

ＧＡＲＦ内に集められていた大量の資料の中には、ドイツ語のものも数十ページあった。ナチの捕虜の尋問がドイツ語のまま直接手で書き写されたものもある。赤軍のタイプライターはたいがいはキリル文字のものだったからである。幸いソ連の通訳の文字は今でもかなり読める。ただ、文字が細かくて読みにくい部分もあるし、削除の線も無数にある。ぎりぎり判読できるこの報告書は、私のふたりの独仏翻訳者の目を疲れさせた。ひとり目がついにさじを投げた。ふたり目のほうは、今後またこのような状況になっても自分をあてにしないでくれと私に言った。しかし彼らの熱意は無駄ではなかった。彼らのおかげで、ロシアの公文書がつくりだしたヒトラーに関する大きな歴史パズルの中で、私はこのピースをはめることができたのである。細かくて読みづらいこの資料は、総統地下壕の無線通信士エーリヒ・リングスなる人物の尋問調書である。リングスはとくにヒトラーの死に関するメッセージを伝えるよう上司から頼まれたときのことを語っている。「この種の最後の無線電報を送ったのは、四月三〇日午後一七時一五分ごろです。メッセージを持ってきた士官から、情報が即座に伝わるように、メッセージの最初に『総統逝去！』とはっきり言うようにと言われました」

リングスが真実を言っているなら、ヒトラーが死んだのは一九四五年四月三〇日一七時一五分より前ということになる。しかしナチの無線通信士はソ連の取調官に嘘をつかないだろうか？　取調官たちは、つくという仮説から出発した。警戒心は優秀なスパイにとって最も重要なものである。それはどんな状態のときでも成功の手段となるものであり、出世街道を確実に上るための役にも立つ。拷問下に吐かせたものであっても、敵を、その証言を、疑うこと。この一貫した態度は、しかし調査の進展を混乱させる。そして私の仕事も多少そうなる。私が目にしている資料は、一二か月間近くにわたるものである。一九四六年半ばまで。つまり一九四五年五月二日にベルリンが陥落してから一年近く経っても、ヒトラーの件の担当者たちはまだ調査を終えていなかったわけである。彼らはソ連の内務大臣にさらなる期間延長の許可を願い出た。同時に、ロシアの刑務所にいるドイツ人捕虜を何人かベルリンへ移送してほしいという要求も出している。目的は、ヒトラーの最期の数時間を再現することであった。

一九四六年四月一〇日
トップシークレット

ソヴィエト社会主義共和国連邦内務大臣、同志S・N・クルグロフへ。
一九四五年四月三〇日のヒトラーの死の状況に関する調査の枠内で、現在ブティルカ刑務所［モスクワ］に収監されている……

続いてナチの捕虜の長いリストがあり、その後資料にはこう書かれている。

これらの人々に調査を行いましたが、すでに指摘したように一致しない部分があり、ヒトラー自殺説の信憑性に疑いが生じているうえ、追加的事実も明らかになったため、現場で検証する必要があります。

これに関して、われわれは以下の措置を取るのがよいと考えます。

――この件で逮捕された者全員をベルリンに移送すること。

［…］

実行班に一か月の期限でヒトラーの死に関するあらゆる状況を調査させ、この件に関してソ連内務大臣に報告させること。

捕虜の護送を準備し、被拘束者をブレストの町［現ベラルーシ］まで送る特別車両を手配する任務は、ボチュコフ中将に担当させること。ブレストからベルリンまでの捕虜の護送は、ベルリンの実行班が行うこと。

証拠材料と現場の調査に参加させるため、ソ連内務省軍総局の有資格犯罪学者、同志オシポフをベルリンに派遣すること。

この手紙にはベルリンにいるふたりのソ連の将官の署名がある。

一九四六年四月。ヒトラーに関する調査はなぜこれほど長くかかったのだろう？　地下壕で何が起こったのだろう？　ロシア人はまだ摑んでいない真実を探すために、これほどのエネルギーを使った。しかし、ほかの連合国軍（アメリカ、イギリス、フランス）のどこよりも多く、ソ連軍はヒトラーとベルリン陥落の直接的な証人数百人を捕虜にしていた。証人たちはそれぞれの看守に過酷な扱いを受けていた。謎の解明にかけるこの熱意は、多くの報告書や尋問のはしばしにうかがわれる。飽きることなく同じ質問に戻り、同じ脅しをかける。なぜ明白な事実を素直に受け入れないのだろう？　なぜスターリンと配下の男たちは、捕虜は事実を述べていると認められないのだろう？　私だったら、ソ連の秘密警察の中で出来の悪いメンバーになっていただろう。ソ連が疑い深い証拠として、ヒトラーに近いふたりの親衛隊の捕虜を対決させたものがある。

ひとりはホフベックという少尉、もうひとりはギュンシェというSS〔親衛隊〕士官である。

ホフベックへの質問――一九四五年四月三〇日にあなたはどこにいて、何をしていましたか。すなわちあなたの証言によれば、ヒトラーが自殺した日ですが。

ホフベックの答え――一九四五年四月三〇日、私は地下壕の非常出口で上司の政府役人ヘーグルから、九人のグループの班長に任命されました。

ホフベックへの質問――あなたはそこで何を見ましたか?

ホフベックの答え――一四時ごろ、あるいはもう少し遅かったかもしれませんが、近づいていくと何人かの人が見えました。〔…〕彼らは毛布で包んだ何か重いものを持っていました。私はすぐにアドルフ・ヒトラーが自殺したのだと考えました。なぜなら、黒いズボンと黒い靴が毛布の端から垂れているのが見えたからです。〔…〕それからギュンシェが叫びました。

「全員外へ! 彼らはここだ!」

二体目の遺体を運んだのがギュンシェだったかどうかは、私は断言できません。ほかの三人の仲間はただちに走って行きましたが、私はドアの近くにとどまっていました。私は二体の遺体を、非常出口から約一メートルか二メートル離れたところで見ました。一体については黒いズボンと黒い靴が見え、もう一体のほう（右のほう）については、ブルーのワンピースと栗色のソックスと靴が見えました。でも、確信をもって断言することはできません。［…］これらの遺体にギュンシェがガソリンをかけました。誰かが非常出口から彼のところに火を持ってきました。別れの挨拶はごく短く、五分から長くても一〇分でした。なぜなら急に非常に激しい砲撃があったからです。［…］

ギュンシェへの質問――ホフベックの証言について、何か言うことができますか？

ギュンシェの答え――非常出口から遺体が運ばれたのは一四時ごろではなく、一六時をわずかにすぎたころです。［…］私はアドルフ・ヒトラー夫人の遺体を持って非常出口を出ましたいはしていませんが、その直後にヒトラー夫人の遺体を持って非常出口を出ました。アドルフ・ヒトラーの遺体は、これまでの尋問ですでに私が話した人たちが運びました。［…］

ホフベックへの質問――あなたは今聞いたギュンシェの証言に対して、何か反論することはありますか？

ホフベックの答え――私は今聞いたギュンシェの証言で反論したい点は何もありません。[…]場合によっては私の前の証言に何か不正確な点が含まれていたかもしれないと、私は言わねばなりません。予期せぬ出来事で、ひどく混乱していましたから。

証言があいまいだと、取調官たちは逆上する。捕虜たちはわざとそうしたのだろうか？　ほぼ間違いなくそうだろう。これらのナチ党員にとって共産主義者は絶対的な悪（もちろんヒトラーの説によればユダヤ人のすぐ次）を体現するものであることを、忘れてはならない。抵抗し、嘘をつき、現実をゆがめることは、まだナチへの堅い狂信によって動かされていた男たちにとって、自然なことにも思える。いずれにせよ彼らの返答が矛盾するため、総統地下壕陥落前の出来事を正確に証明することは難しかった。

第二次大戦の最後の謎のひとつに入り込むにあたって、ラナと私は十分準備したと思っていた。とんでもない間違いだ。考えていた最も悲観的なシナリオでも、調査がこれほど複雑になるとは思ってもみなかった。私たちは、ＧＡＲＦの所蔵資料を集めることが最難関なところではなさそうだということに早々に気がついた。私たちの自信と楽観主義は急速にしおれてしまった。私たちの心にさざ波を立てたのは、GARFの特別資料部長ディナであった。

二〇一六年一〇月のロシア国立公文書館内でのことに戻ろう。ラナと私はディナとニコライの忍耐強さに改めて感謝している最中だった。彼らはすでに長椅子の木片とヒトラーの書類をカートに載せていた。インタビューは気持ちよく終わろうとしていた。「やったわね。私たちは総統の死に関するあらゆる資料を手に入れたのよ。初めてのことよ!」と興奮するラナを、私は見守っていた。ディナのほうはその喜びを共有しなかった。ニコライはすでに一言も言わずに部屋から出ていた。彼が先ほどと同じ心地よい大きな音をたてて廊下でカートを押しているのが聞こえた。「全部じゃありませんよ」とディナがいきなり言った。私たちの喜びを台無しにして申し訳ないと思っているかのようだ。全部ではない?「ロシアのほかのところにも、ヒトラーのものが残っているのですか」と私はまさかと思いながら聞いた。

「それもじゅうぶんあり得ますね……」

ディナは率直に答えられずにいたが、結局は認めた。

「実際、そうです。でも、あなたたちは見ることはできないでしょう」

私たちにとって、すべてが崩れ落ちた。相変わらず小さな唇を噛み私たちの視線を避けているディナは、居心地が悪そうだった。ラナは彼女を安心させるためかのように、できる限り優しく話しかけ始めた。大丈夫ですから、すべて説明してくれませんか。

いいほうと悪いほう。どちらから始めてほしい？　ラナは私に選ばせた。私たちはGARFから出て、ホテルに戻るためにタクシーをつかまえたところだ。悪いほうから始めよう。

「ヒトラーの死に関するソ連の報告書はすべてがGARF内にあるわけでなくて、FSBの公文書館にも一部保管されているの」

沈黙……。これ以上悪い情報が存在するだろうか？　どうだか。FSBの三文字は、「連邦保安庁」（Federalnaïa sloujba bezopasnosti）を意味する。つまり、ロシアの秘密情報機関である。FSBは一九九五年に創設された。これはある意味KGBの跡を継いだものである。KGBは一九九一年八月のミハイル・ゴルバチョフに対するクーデターの失敗後、一九九一年一〇月一一日に解体したのである。FSBのやり方は有名なソ連の兄貴分と根本的には変わらない。裏工作に基づく方法であり、必要があれば暴力も辞さない。私たちにとってGARFに近づくことも難しく思えたのに、FSBの公文書館（TsA FSB、連邦保安庁中央公文書館）だったらどうなってしまうのだろう？　ラナはほとんど笑っている。それぐらい私たちの調査は絶望的な展開になった。

「もうひとつ、知っておくべきことがあるわ」

彼女は勢いよく息を飲んで続けた。

「これもディナが教えてくれたんだけど、私たちは軍事公文書館のほうからも掘り下げる必要がある。その代わり、彼女はとてもはっきりしていたわ。GARFの助けは一切期待しては駄目だって。FSBと軍事公文書館とGARFはいがみあってる。だから私たちは自分たちだけで何とかしないとね」

タクシーのメーターが私たちが払う金額を示している。運転手なら、すべてがとてもシンプルだ。客、行先、優秀なGPSがあればうまくいく。私たちの調査とは正反対だ。

「いいほうも知りたくないの？　ディナからのよい知らせ……」

ラナは私の中にある種の疲労感が生まれているのを感じとっていた。一年以上続いた苦労の連続の調査で、私の熱意も打ちのめされつつあった。

「ディナは私たちのことをとても気に入ったから、頭蓋骨の科学的検査ができるように応援すると言ってくれたの」

とはいえディナは頭蓋骨調査に関して、わずかでも決定権を持っているのだろうか？　ラナは考え始め、頭を横に振った。細かい雨のモスクワが私たちをからかっている。ほかにもヒトラーについて研究しようとした人たちは何人もいた。彼らが全員失敗したのは偶然だろうか？

ほとんど絶望的な厳しい戦いなのか？　そのとおり！　それでもラナはあきらめない。その逆だ。彼女は年末までにFSBの公文書館にたどりつくために必要な許可と、ロシア国立軍事公文書館（RGVA）の扉を開く許可を全部獲得すると私に約束した。

「誰も私にはそうそう抵抗できないのよ。持久戦では負けないいんだから」

彼女はモスクワのシェレメーチエヴォ空港の出発ロビーで威勢よく宣言した。それから一か月足らず。その間私たちは毎日欠かさず電話で話し合い、勇気づけ合っている。私のほうは資料の仕事で、ラナのほうはロシア当局への働きかけ。

「もうちょっとよ。あと数日で返事がもらえるはず。準備しておいてね。すばやく反応しないといけないから」

ラナは言いだしたらあとには引かない。失敗することなど考えもしない。彼女はロシア当局とそんなに堅固な関係を持っているのだろうか？　通常ならこの種の要請をはねのける役所を、彼女はどうやって説得できるのだろう？

「スヴェトラーナ・スターリンの仕事をしてから、私は影響力のある人たちとのよい関係を当てにできるようになったの。それに、彼らは私のことを知っているから、私が闘犬みたいなことも分かっている。私は絶対餌を離さないからね。本当よ、独裁者なんかお手の物なんだから……」

第二部

ヒトラーの最期の日々

一九四五年三月から、ヒトラーはベルリン中心部にある新しい帝国官邸の地下壕に避難することに決めた。連合国側は数週間前から大規模な最終攻撃をしかけてきた。東では赤軍が一九四四年一〇月に最初の企て（グンビンネンの戦い）に失敗したものの、一月二〇日には東プロイセンに進軍した。一九四四年九月一二日からは欧米（この場合はアメリカ第一軍）もアーヘン地方に進軍し、ドイツ領土内に足を踏み入れた。この町は一〇月二一日に落ちた。事態が切迫するにつれてヒトラーはますます地下壕から外に出なくなり、人生最期の日々を地下八・五メートルのところで過ごすことになる。

ヒトラーの最期については、地下壕で生き残った人々によってあらゆる詳細が伝えられている。主に軍事関係者だが、民間人も数人含まれており（とくに秘書）、男も女もいた。しかし彼らの証言は信憑性に乏しい可能性がある。忘れてはならないのは、全員がナチズムに賛同し、多少ともヒトラーに心酔していたということである。

こうした証言には異なるふたつの出どころがある。ひとつは、捕らえられたあとにソヴィエトか連合国、あるいはその両方が尋問して得た証言、もうひとつは解放後に発表された回想録やインタビューである。

前者の場合は、有無を言わさず吐かせた証言であり、公にしたり大衆に暴露したりする意図は全くない情報である。後者の場合は、本人の自由意思によるものである。それはその人物の行動を全世界に向けて正当化できるものであり、ほとんどの場合ナチ体制の汚名をすすぐこともできるものである。

どちらの場合も、証言は中立的であることはできない。しかし出どころの異なる証言を突き合わせることで、ヒトラーの最期の一二日間について、かなり信じるに足る真実を描き出すことができる。

少なくとも、一九四五年四月三〇日の午後までは。

一九四五年四月一九日

「ロシア軍はどこだ？　前線は持ちこたえているか？　総統は何をしておられる？　いつベルリンを離れるのだ？」

——ベルリンにいたナチ高官

総統地下壕にようやく笑みが戻った。逃げ出せという命令がまもなく発せられるはずだ！　爆撃を避け、ナチ体制に対する批判を強めているベルリン市民たちから離れること。出発は明日、四月二〇日と予定された。ヒトラーの誕生日だ。バイエルンの山中にあるベルヒテスガーデンの要塞のほうに逃げること以上のプレゼントなど、想像できるだろうか？　これによってヒトラーも、愛してやまないドイツアルプスの青白い太陽の下で五六歳の誕生日を祝えるだろう。何より地下壕を、すなわち第三帝国新官邸の庭に埋められた鉄筋コンクリートの霊廟を、去ることができる。三月半ばから、ヒトラーはドイツの首都の中心に位置するこの防空壕に司令部を移していた。

この逃走はヒトラーの側近全員の夢であった。第三帝国軍の軍人から生え抜きの親衛隊員、国家機関の高官まで、誰もが武器を片づけ荷物をまとめろというヒトラーの合図だけを待っていた。もちろん、急いで前線を去ろうとするのは、ドイツの指導者の身体を無傷に守りつつ戦いを続けなければならないからだと公式的には言われた。恐怖を打ち明けたり自分の命を守りたいと白状する者などまずいない。

新官邸の地下壕に隠れていたのは何人ぐらいだろう？ 五〇人か六〇人？ 言うのは難しい。毎日ナチ体制の新たな高官がヴィルヘルム街七七番地に舞い込んで、席を、ベッドを、共同寝室を、さらには廊下さえをもねだっていた。計算上は、総統地下壕全体で二〇〇人を収容できる。それ以上だと、強力な換気システムがあるとはいえ酸素が不足する危険がある。総統地下壕はふたつの地下避難所から成る。ひとつはまず新官邸大ホールの地下六メートルのところに埋まっている、旧地下壕(Vorbunker)である。これは一九三五年に建設されたもので、三〇〇平米近い広さがある。長さ一二メートルの廊下の両側に、一〇平米の部屋が一四室広がっている。空襲に耐えられるよう、天井の厚みは一・六メートル、壁の厚みは一・二メートルある。ベルリンにある航空省の地下避難所のちょうど二倍だが、とはいえまだ十分ではない。

ヒトラーは一九四三年一月にベルリンが初めてイギリス軍に爆撃されると、もっと堅固な第二の地下壕、メイン地下壕(Hauptbunker)の建設を命じた。これは旧地下壕より二・五メートル深い地下八・五メートルのところにある。ふたつの地下壕は直角になった階段でつながっており、そこにはガス攻撃にも耐えられるよう、機密性のある補強ドアがはめられている。新地下壕のセキュリティに関する基準はこれまでのあらゆる記録を打ち破るもので、壁の厚さは四メートルに達する。新地下壕は三・五メートルのコンクリート層によって守られており、幅二〇メートル弱、長さ一五・六メートル、総面積は三一二平米である。★1 部屋の仕切り壁は大規模な爆撃にも耐えられるよう想定され、厚さは五〇センチある。無駄な快適さは一切用意されていない。床は寄木張りがされているわけでも、絨毯が敷かれているわけでもない。家具は絶対に必要なものだけ。この深さのため、いつでもジメジメしている。しみ込んだ水を排出するためのポンプはあるが、湿った空気感は変わらない。壁は灰色に塗られているか、むき出しである。仕切り壁の厚みのせいで、部屋は旧地下壕よりもさらに狭い。ヒトラー用の部屋でさえ一〇平米弱、高さ三メートルである。ヒトラーの居室群の前に、軍職員用の狭い部屋が六つある。ヒトラーにとって唯一の贅沢として、専用の浴室、書斎、寝室がある。これらの部屋はそれ以外とは違って、家具選びにも配慮がなされている。

「ヒトラーは自分の地下壕を持っていたが、自分自身、医者、使用人、チームに絶対に必要なスタッフ用には数室しかなかった」[★2]と、専属パイロットのハンス・バウアは回想録の中で語っている。ヒトラーが手放したがらなかったこうした人々の中には、主治医のモレル博士のほかに、秘書のマルティン・ボルマン、副官のオットー・ギュンシェ、従者のハインツ・リンゲがいた。総統の愛犬ブロンディもしかり。この雌犬は戦略会議が毎日開かれる部屋に閉じ込められることもあった。

エヴァ・ブラウンは四月はじめに新官邸の地下壕に加わった。ヒトラーは愛人が大胆にも戦いの中心部に飛び込んできたことに怒るべきなのか感心すべきなのか、分からなかった。いずれにせよヒトラーは彼女を身近におくことを受け入れ、自室のそばに寝室を与えるよう命じた。そこなら安全だろうと考えたからである。

少なくとも今は。というのも、首都から出ろという命令がすぐに発せられなければ、ふたつの地下壕はまもなく避難場所から死に至る罠へと変わる危険があるからである。

軍の状況は危機的であった。四月一六日以来、ジューコフ元帥とコーネフ元帥が率いるソ連軍は、ベルリンに向かって大攻撃をしかけていた。目下のところはまだ遠く、ベルリンから東に一〇〇キロほどのオーデル川沿いで戦っている。しかしドイツ士官たちは全員、ベルリン防衛は難しいであろうことを認識していた。大きく広がる大都市圏をもつベルリンを守るには、人員面でも物資面でもあまりにも多くの努力が必要になる。ヒトラーがそれを知らないはずはない。しかし彼は市民を避難させなかった。戦闘がブランデンブルク門のある中心地区まで広がったときには、ベルリンにはまだ二五〇万人の住民がいた。

ナチのプロパガンダは、最初のうちは演説や断定的なスローガンを使って、オーデル川をソ連兵の報復的な侵略に対する究極的な自然の盾に変えようとした。押し寄せるシベリアの弾丸の波に対する泥水というイメージは、ワグナーのオペラのような威厳が感じられたのだろう。しかしこの一九四五年春には、集団自殺のようなイメージであった。

自殺という考えを、ヒトラーは嫌いではなかった。自分のではなく、民衆のである。死と隣り合わせのヒトラーのイデオロギーに対する、究極の犠牲としての自殺である。

戦い続けることを国民に納得させるために、ヒトラーは積極的に取り組んだ。彼は三月初旬にはオーデル川の前線に赴いている。ヒトラーが戦闘地帯に公式的に出かけたのは、これが最後であった。目的は、総統が状況をコントロールしていることをドイツ国民に示すこと。新聞や映画用ニュースで広められたスローガンは、簡潔で好戦的なものが求められた。

「総統が自らオーデル川前線へ！」

「ベルリン防衛はオーデル川でなされる」

それはすでにひと月前のことである。今とは違う、希望の時代。

戦争は意志と犠牲、ときには戦術の才にもかかわるものではあるが、ほとんどの場合、いちばん初歩的な算数の世界に属するものである。スターリンはそれを十分すぎるほど承知していた。そのため、敵を打ち砕くために、スターリンは出し惜しみをしなかった。一〇〇万人のドイツ兵に対して、スターリンは二倍以上の二一〇万人を集めた。しかもソ連は装備もまさっていた。ナチが大砲一万四〇〇〇、戦車一五〇〇、戦闘機三三〇〇であるのに対して、ソ連は大砲四万一六〇〇、戦車六二五〇、戦闘機七五〇〇を揃えたのである。

こうした事実を、ヒトラーの将官たちは完全に知っていた。もし赤軍がオーデル川を越えたら、ベルリンは数日ともたないだろう。しかし、そんなことは重要ではない。ナチ陣営ではすべて想定ずみだ。戦いはバイエルンやオーストリアのほうの「アルプスの要塞」、ザルツブルクとバートライヘンハルとベルヒテスガーデンで囲まれる山がちな三角地帯で続けられることになるだろう。三月半ば以降、国家組織をそちらに移せという命令が総統府から発せられていた。電話線で特別につながる地下壕網も建設された。官邸の車もすべて移動した。

何年もあと、ロシアの刑務所で捕虜生活を送っていた従者ハインツ・リンゲとヒトラーの専属副官オットー・ギュンシェが、この退却計画について明かしている。

一九四五年四月初旬、ヒトラーはベルリンにオーストリアの大管区指導者(Gauleiter)〔ナチの行政地区の知事に相当〕三人を招集した。インスブルックのホーファー、クラーゲンフルトのウイバーライター、リンツのアイグルーバーである。ヒトラーと彼らの話し合いには、ボルマン〔ヒトラーの秘書、助言者〕も同席した。それはオーストリアの高い山の中に「アルプスの要塞」を建設するという話だった。その要塞が「最後の防衛拠点」となって、戦争を続行できるはずだった。[★3]

第三帝国崩壊後、イギリスの秘密情報機関は捕虜にしたヒトラーの側近たちに尋問した。それらの証言によって、この逃亡が四月二〇日に予定されていたことが裏づけられた。ここに、一九四五年一一月一日に連合国遠征軍最高司令部(SHAEF)軍事情報部門の責任者であるイギリスのエドワード・ジョン・フォード准将が提出した報告書の抜粋がある。機密文書に分類されているこの報告書は、ベルリンに拠点をおくアメリカ、ソ連、フランスの秘密情報機関に宛てられたものである。

「ヒトラーは最初は自分の誕生日である一九四五年四月二〇日にベルヒテスガーデンに向け

て飛び立つつもりで、従者たちにこの日の到着の準備をするよう命じていた」

しかしヒトラーは急に意見を変えた。四月一九日の午後、陸軍参謀総長に就任したばかりのクレープス大将から、ソ連の機甲部隊が突破に成功し、ベルリンの北わずか三〇キロまで進軍していることを知らされた。もはや現地は守り切れない状況になっている。ヒトラーは将官たちに怒りをぶちまけた。彼らが揃いも揃って無能なのだと判断したヒトラーは、自分自身が作戦の指揮を執らなければならないと結論づけた。つまり戦いの中心に残っていなければならないということで、ベルヒテスガーデンへの撤退は延期になった。

総統のこの決定は、ふたつの地下壕内にすぐに広まった。側近たちはこのニュースを聞いて悲嘆にくれ、悲劇のように感じた。官邸地下壕の居住者だけでなく、ヒトラーが出発しないと逃げ出せないベルリンにいる高官たちも同様であった。ヒトラーは意見を変えるだろうか？ナチの大物たちが不安にかられあたふたしているのを、ハインツ・リンゲは見ていた。

「ライ、フンク経済大臣、ローゼンベルク、シュペーア、アクスマン、リッベントロップ、その他まだベルリンにいた人たちは、たえず電話をかけてきた。聞くことはいつも同じだった。『前線はどうなっている？　ロシア軍はどこだ？　前線は持ちこたえているか？　総統は何をしておられる？　いつベルリンを離れるのだ？』[★4]」

オットー・ギュンシェは一貫して同じように答えた。
「オーデル川戦線は持ちこたえています。ロシア軍がベルリンまで来ることなどありえません。総統はベルリンを離れる理由はひとつもないとみています」

★1——Sven Felix Kellerhoff, The Führer Bunker: Hitlers Last Refuge, Berlin, Berlin-Story-Verlag, 2004, p. 50.
★2——Hans Baur, I was Hitler's Pilot, Londres, Muller, 1958, p. 180.
★3——He nz Linge et Otto Günsche, Le Dossier Hitler, trad. par Danièle Darneau, Paris, Presses de la Cité, [2005] 2006, p. 281.
★4——Ibid., p. 299.

一九四五年四月二〇日

「総統の誕生日。残念ながら祝うような気分ではない」

——マルティン・ボルマンの私的な日記

命令は明確だ。ヒトラーは誕生日を祝われることを望んでいない。そんなことをするのは滑稽でもあり場違いでもあるだろう。前日ヒトラーは従者ハインツ・リンゲにその気持ちを伝え、地下壕の全員が自分の意思を尊重するよう強く求めた。しかし、そんなことをしても無駄であった。総統の誕生日は一二月二五日とほとんど同じぐらい、ドイツでは聖なる日なのだから。そうである以上、体制の熱狂的な信者に自分たちのヒーローを祝福させないことなど、どうしてできるだろう？　ヒトラーの側近の間では、深夜零時をまわったらすぐにお祝いを述べるのが慣例であった。数十万のソ連兵がベルリンに向かって突き進んでいるとしても、何も変えることはできないだろう。先生に気に入られようと腐心する優秀な生徒よろしく、七人のナチ党員が数平米しかない総統の控室に集まった。制服に完璧にアイロンをかけ、目立つようにメダルをつけ、顎を上げたその姿からは、ベルリンから逃げたいという強い願いはみじんも感じられなかった。リンゲの記憶では、そこにいたのはヘルマン・フェーゲライン中将（エヴァ・ブラウンの義弟）、ヴィルヘルム・ブルクドルフ大将、SSのオットー・ギュンシェ（ヒトラーの専属副官）、外交官のヴァルター・ヘーヴェル（第三帝国外務大臣リッベントロップの連絡員）、ハインツ・ローレンツ（第三帝国報道責任者代理）、ユリウス・シャウブ（ヒトラーの専属副官）、アルウィン・ブローダー・アルブレヒト（ヒトラーの海軍副官）であった。

誰もがリンゲの周囲で動き回っていた。この凡庸なSS士官リンゲは、前線に行ったのは幌付きオープンカーでヒトラーの隣にいたときだけ。ただの従者なのに中佐の階級章をつけている。しかし今や軽蔑してはいられなかった。リンゲは地下壕の中で最後までヒトラーと接触しつづけた人物である。誇り高き士官であるナチ党幹部の誰もが、自分たちの願いを聞いてもらえるようにリンゲに説得役を任せた。リンゲはこう回想する。

「ヒトラーにそれを知らせると、彼は衰弱したような疲れた目で私を見た。私は皆に、総統にはそんなことをしている時間はないと答えるしかなかった★1」

しかしそれはフェーゲラインの決意がなければの話であった。この三八歳の若い策略家の将官は一九四四年六月三日にエヴァ・ブラウンの妹グレートルと結婚してからというもの、自分はほとんど非難されることのない存在であると感じていた。ヒトラーはエヴァ・ブラウンからの頼みを拒否することはできないに違いないと、フェーゲラインは考えた。そして、彼は正しかった！　彼は義姉に、腹心たちの祝意を受けるようヒトラーを説得してほしいと頼んだ。ヒトラーはしぶしぶ現れて、差し出される手をさっさと握った。その場にいる男たちが誕生祝いを述べ終わるや、ヒトラーは再び背中を丸めて執務室へ戻っていった。フェーゲラインは鼻高々だ。これで点数を稼げた。ときが来たら、何かの役に立つに違いない。

この四月二〇日の日中には、第三帝国のほかの高官たちが地下壕の上にある官邸までやってきた。そうした人たちに会うために、ヒトラーは地下壕を出て風にあたり、官邸のサロンまで行った。この有力党員たちはまるで王に対する封建領主のようにひとりずつヒトラーに挨拶したが、それはヒトラーを信奉しているからというより義務からであった。ゲシュタポが各々の態度を監視しているため、誰であれ裏切り者として死刑に処せられる可能性があったのだ。将官でも、大臣でも。地位の高い訪問者の中には、体制に深くかかわったナチ党員もいた。例えば親衛隊全国指導者ハインリヒ・ヒムラー、第三帝国副首相ヘルマン・ゲーリング、カール・デーニッツ大提督、カイテル元帥、さらに外務大臣リッベントロップも。

彼らは腕をまっすぐ伸ばすファシストの敬礼をして、それらしい態度をとった。まるで目の前を通る男が、ベルリンはともかく、まだ国を救うことができるかのように。ヒトラーは正式には五六歳であったが、ますます呪われた亡霊のようになっていた。第三帝国の首都の湿った土の中に埋もれている亡霊だ。

一二年前に数百万人のドイツ人を熱狂させたこの男は、どうなってしまったのか？　鉄筋コンクリートの防空壕だけをかろうじて支配する、パーキンソン病を患った老人。一九四五年二月に診察した主治医のひとりエルヴィン・ギージングはこう書いている。

「彼は年老いたように見え、かつてより背中も曲がっている。顔は青白く、目はくまができ、声ははっきりしているとはいえ消え入りそうだ。左腕の震えが悪化しているため手を押さえていることに、私は気がついた。ヒトラーが腕をテーブルやソファの肘掛けの上に乗せたままにしているのは、そのためである。[…]完全に力尽きて放心状態のような印象だった」★2

専属運転手のエーリヒ・ケンプカは、この五六歳の誕生日にその場にいた。

「一九四五年四月二〇日、私はドイツ人民がこの日を祝った過去何年かのことを思い出した。大きな祝典やパレードが催されたときのことを」★3

この壮大なパレードの中で、存続しているものは何もなかった！　ベルリン工科大学の広場で荘重な音楽を演奏する軍隊オーケストラは消え去った。黒い鍵十字の小旗を持って沿道に殺到した信奉者の一群は、連合軍の爆撃で粉砕された。勝ち誇るドイツの強者に対して忠誠を示すために数百人の外交官が世界中から来ていたものだが、彼らはどこにいるのだろう？

このナチ体制の失墜が一目で分かる驚くべき資料が存在する。それはモスクワのロシア国立軍事公文書館に保管されている。一九四五年五月一日、赤軍はドイツ第三帝国官邸に入ったとき、あるものを見つけて好奇心をそそられた。それは赤い革の大きな芳名帳で、わきには月桂冠をつけた鷲、その中央には鍵十字が描かれている。この資料こそが「黄金帳」である。大規模なセレモニーに招かれた外国の外交官は、これに署名しなければならなかった。祝宴の中には、新年やドイツの国の祝日、そしてもちろん総統の誕生日もあった。招かれた人々はそれぞれ氏名と役職、そしてときにはナチ体制に対する熱い思いを書いたのである。

一九三九年四月二〇日はヒトラーの五〇歳の誕生日であった。彼はすでに六年前から権力の座に就き、オーストリア、ズデーテン地方、次いでボヘミア、モラビアを併合し、ドイツのユダヤ人を公然と迫害し、次第にヨーロッパの民主主義国家を不安にさせていた。しかし、それが何だろう。この独裁者はそれでもまだ付き合える相手であり、六〇人の外交官が敬意を表しにやって来た。丁寧に書かれた署名は黄金帳六ページにわたって並んでいる。そのなかにはフランスとイギリスの代表者の名前もある。両国にとって、これはヒトラーの誕生日を祝う最後の機会となった。五か月後の九月一日には、この二か国とドイツとの間で戦争が起こるからである。

ページをめくってみよう。一九四二年。ヒトラーの五三歳の誕生日。彼はもはやヨーロッパの民主主義国家に不安を与えるのではない。破壊を免れた国にも恐怖を与えていたのだ。犠牲となった国を挙げると長くなる。フランス、ベルギー、オランダ、デンマーク、ノルウェー、ポーランド……。総統が権力の頂点にいたことは、誕生日に外交官が殺到したことからもうかがえる。一二ページにわたる一〇〇人以上の署名。たしかにもはやフランス人やイギリス人、ましてやアメリカ人の署名はないが、相変わらずイタリア人、日本人、スペイン人は来ている。そしてナチの祝宴の常連であるローマ教皇ピウス一二世の教皇大使も。

一九四五年四月二〇日。堂々たる芳名帳に最後に記された日付。

新しいページの最初には、印刷された太い文字はもはやない。総統の専属秘書に時間がなかったのだろう。その代わりに、余白に急いで日付だけが「四五・四・二〇」と走り書きされている。そして五人の外交官の署名。五人。誰だ？ 読みづらいほど神経質そうな文字。解読できるのは以下のとおり。アフガニスタン大使、タイ人、中国人。ほかの大使はどうしたのだろう？ ナチ体制の祝宴に参加することを光栄に思っていた人たちは。彼らは消えた。ヴァチカンの代表者さえ、以後呪われたものとなるこの帳面にもうあえて署名はしなかった。教皇大使はしかし一九三九年以来、ナチのセレモニーに欠席したことは一度もなかった。一九四五年一月一日の新年の祝賀にはまだ出席している。不名誉なものになったこのページに太字と細字で丁寧に書かれたその署名は、いまや外交関係がひどく疎ましいものになったことを証明している。

この一九四五年四月二〇日、世界中がヒトラーから逃げた。それが可能な者、あるいはその勇気がある者はすべて。

ごく内輪の高官を含むナチの内部でさえそうであった。なかには体制の象徴のような人物もいた。ゲーリング元帥である。

ヘルマン・ゲーリングはたしかにベルリンまで来た。極端に走る性格が変わらない彼は、深い愛着、永遠の忠誠、近々の勝利への確信を改めて熱を込めて断言した。そしてオーバーザルツベルクの山へ向かって一目散に逃げ出した。ベルリンの戦いに恐れをなしたからではなく、自身が弁解するところによると、バイエルンアルプスで反撃の準備をするためであった。激情的な元帥の慌ただしい出発は、地下壕内で気づかれずにはすまなかった。「驚くほどすばやく、ゲーリングはヒトラーの執務室を、そして総統地下壕を出ていった」と総統の専属運転手エーリヒ・ケンプカは記している。

「彼はその日のうちにベルリンを離れ、二度と戻ってこなかった[4]」

ゲーリングの逃走は地下壕の居住者にショックを与えた。というか、とりわけ恐怖を与えた。ほかの人々はベルリンを離れろというヒトラーの決定を待っている場合だろうか？　総統地下壕の電話交換手であったローフス・ミシュ曹長が、迫りくる危険について証言している。

「四月二〇日、ヒトラーの五六歳の誕生日の日、ソ連の戦車は首都周辺まで達していた。町は事実上包囲された。前日か当日かに誰かが地下壕に下りてきて、砲撃のとどろきが聞こえる

と知らせた」[★5]

ソ連軍側にとって、この四月二〇日はとても不安な日であった。ナチの特別な武器、戦争の流れを変えられるという新しい武器の噂は本当だろうか？　ドイツのプロパガンダでは、この武器は独裁者の誕生日にお目見えすると言われていた。「例の秘密の武器を運んでいるらしき、シートで覆った車を見た人たちがいた」と赤軍のドイツ語通訳エレーナ・ルジェフスカヤは語っている。

「その破壊的な力を見ぬこうとしながら、人々は空想した。人々はラジオのニュースを待った」[★6]

しかし何も起こらなかった。その新たな武器は原子爆弾であった。ナチの技師はそのために数年前から働いていた。しかしドイツの工業地区が数か月前から連合軍空軍の攻撃を受けていたため、ヒトラーのこの常軌を逸した計画は大幅に遅れた。アルベルト・シュペーア軍需大臣は回想録の中でこう記している。

「もしわれわれが国のあらゆる力を最大限動員し結集できていたら、ドイツはおそらく原子爆弾を製造できただろう。それは一九四七年には完成しただろうが、たしかに一九四五年八月

のアメリカの原子爆弾と同じときというわけにはいかなかっただろう」[★7]

★1――Heinz Linge, With Hitler to the End: The Memoirs of Adolf Hitler's Valet, Barnsley, Frontline Books, 2013, p. 187.
★2――Ibid., p. 174.
★3――Erich Kempka, I was Hitler's Chauffeur: The Memoirs of Erich Kempka, Barnsley, Frontline Books, 2012, p. 57.
★4――Erich Kempka, I was Hitler's Chauffeur…, op. cit., p. 58.
★5――Rochus Misch, J'étais garde du corps d'Hitler (1940-1945), Paris, Le Cherche Midi, 2006, p. 193.
★6――Elena Rjevskaïa, Carnets de l'interprète de guerre, Paris, Christian Bourgois Éditeur, 2011, p. 287.
★7――Albert Speer, Au cœur du Troisième Reich, Paris, Fayard-Pluriel, [1971] 2016, p. 79.

一九四五年四月二二日

「まもなく最終幕だ」

――エーリヒ・ケンプカ、ヒトラーの専属運転手ソ連の機甲部隊はベルリンまで数キロと迫っていた。ベルリンはソ連軍に三方から攻められていた。北と東と南。その代わり町の西側はまだ免れている。英米の攻撃は遅れ、第一陣はまだベルリン近郊から五〇〇キロ離れたところにいる。ヒトラーはそこを利用して、西の前線にいる部隊をソ連軍のほうへ移動させることにした。

それでも状況が危機的であることに変わりはない。ソ連の砲弾はすでに官邸の庭まで届いていた。爆弾で総統官邸のガラスが粉々になり、大理石の壁にはまるで簡単に厚紙を破ったような亀裂が入った。爆音は地下壕にまで鳴り響いた。側近たちは改めてヒトラーに逃げるよう懇願した。まだ間に合う。ベルリン南西のガトー空港には到達できる。ヒトラーに心酔するパイロットのハンス・バウアはいつでも総統を避難させられるように、数週間前から地下壕内で待機していた。数機の航空機が特別に準備され、離陸へのゴーサインを待つばかりになっていた。忠誠者中の忠誠者であるヒトラーの秘書ボルマンも、即座に出発できるよう後押しした。前日には、ベルリンの司令部をオーバーザルツベルクへ早く移すように、率先的な動きまでしている。

しかし、ヒトラーが反撃を決定したことで、再び希望は消えた。これを成功させるために、ヒトラーはSS大将シュタイナーに期待した。対ソ戦の前線で二年間鍛えられた、剛毅な性格の軍人である。破滅的なベルリン包囲を妨げるという重い仕事が、彼に託された。任務を達成するための切り札はある。ヒトラーは熟練兵を数千人集めた新たな軍をつくって「シュタイナー軍支隊」と名づけ、十分な装備をほどこしたのである。ヒトラーはこの特殊戦闘部隊が赤軍の攻撃を打ち破ると信じていた。一九四〇年のフランス戦のときと同様、ヒトラーはドイツ軍兵士たちに戦争のうまい運び方を示すつもりでいた。しかし状況は五年間で変わっていた。多くの死者が出た結果、ドイツ軍兵士はもはやヒトラーの自分勝手な妄想の中でしか存在しなくなっていた。シュタイナー軍に合流する予定だった部隊は実在していない。ある部隊は戦いの爆音の中で消滅し、またある部隊はソ連軍にせき止められてシュタイナー軍のほうに動けなくなっていた。

その現実を見ることを、ヒトラーは拒否した。そして側近たちは、ヒトラーに反駁する勇気がなかった。いずれにせよヒトラーは戦いのごく近く、すなわち地下壕内にとどまることにした。戦いのさなかにベルリンを去るなどあり得ない。とはいえヒトラーは自分の個人的な持ち物や軍事公文書を安全な状態で「アルプスの要塞」に移すことは受け入れた。この機会に、出ていきたい者は自由にそうしてよいとヒトラーは言った。この知らせはすぐにふたつの地下壕内に広まり、パニックを起こした。コンドルの四発機とユンカースの三発機は数機ずつまだ使えるが、出発希望者全員を乗せるには足りないことは分かっていた。そのため選ばれし幸運者のリストが作成されることになった。そのリストに載るために、人々はほとんど戦いのような状態になった。

「誰もが出発を望んだ。家族がバイエルンにいるだの、この地方出身だの、現地でこの地方を守りたいだのさまざまな口実をつけて、オーバーザルツベルクに絶対行かなければならないと言う人たちが、ひっきりなしにやってきた。実際は、一刻も早くベルリンから逃げたいだけだった」★1

結果的に、飛行機はすべて無事に到着する。ただ一機を除いて。ヒトラーの個人的な資料を載せた飛行機だけが、アメリカ軍の航空機に追撃されたのである。

幸運の女神はナチのトップを永久に見捨てた。

★1——Heinz Linge et Otto Günsche, Le Dossier Hitler, op. cit., p. 306.

一九四五年四月二二日

「この戦いは負けだ！」

――アドルフ・ヒトラー

朝からソ連軍の砲撃が、官邸に向けて死のリズムをいっそう激しく再開した。地下一〇メートルにいても爆音は重く鳴り響き、一〇時ごろにはついにヒトラーの目を覚まさせた。総統は騒音に不満をもらした。誰がわざわざこんなことをして眠りを妨げるのだ？　ヒトラーは一三時ごろに目覚めることを、総統地下壕内ではみんなが知っているはずなのに。

数か月前からヒトラーは不眠症に苦しみ、朝の四時か五時まで眠れなかった。周囲の人々は全員すぐにこのヒトラーの新たな眠りのサイクルに適応しなければならなかった。眠れないからと、ヒトラーは夜を利用することにした。ということで、軍事会議が朝の二時か三時に開かれたのもごく自然な流れであった。秘書たちも定期的にヒトラーにお茶に招かれるため、逃れることはできなかった。そういうことがいつも真夜中に行われるのだった。つらい生活リズムである。

一〇時に起きるなど、ヒトラーは我慢できない。ヒトラーは従者であるSSのリンゲに不平を言った。

「あの音はなんだ？　官邸地区が爆撃されたのか？」

リンゲはヒトラーを安心させるために、ドイツ軍の対空砲火とソ連軍の射程距離の大きい大砲にすぎないと言った。

事実は全く違った。ベルリン周囲の防衛はソ連軍の攻撃でぐらついていた。南ではソ連軍は突破口を開き、町の郊外に向かって突き進んでいた。北と東では、赤軍の機甲部隊は通るところすべてを粉砕していた。

しかし、こうしたこともまもなくやむだろう。シュタイナーとその軍が必ずや敵を攻撃し始めるのだから。時間の問題だ、とヒトラーは考えた。一六時ごろ、軍事会議の最中に、参謀が思い切って恐ろしい事実をヒトラーに伝えた。兵も物資も足りず、シュタイナーの攻撃は行われませんでした。しかも、今後も決して行われないでしょう。

証人によればヒトラーの反応は……ぞっとするようなものだった。ドイツ空軍の総統副官ニコラウス・フォン・ベロウはその場にいた。

「ヒトラーは怒り狂った。彼は、カイテル、ヨードル、クレープス、ブルクドルフを除く会議出席者全員に部屋を出ろと命じ、その後将官たちやその『絶えざる裏切り行為』に対してすさまじい勢いでまくしたてた。私はちょうと隣の部屋のドアのそばに座っていたため、ヒトラーの言葉はほぼすべて聞こえた。それは恐怖の半時間だった[★1]」

総統の怒りはあまりに激しく、その部屋にいた第三帝国軍やSSの将官たちは怯えた小学生のようなありさまだった。首をうなだれ、先生の視線を避けるのだ。総統と親密で忠誠心の篤いリンゲも、その怒りを免れなかった。

「おい、お前は満足か、リンゲ。SSさえも私に隠れて行動していたとは、これ以上ないほどの失望だ。今や私にとってすべきことはただひとつ。ベルリンにとどまって、ここで死ぬ[★2]」

ここで死ぬ！　総統が死ぬかもしれないと考えて、人々は凍り付いた。ゲッベルスは知らせを受けて急いで地下壕に合流した。彼は最初はヒトラーを落ち着かせようとしたが、無理とみると豹変した。ゲッベルスはいつものようにヒトラーに倣って、自分も何があってもベルリンに残ると、その場の人たちに宣言した。絶対的にすばらしい究極の犠牲という考えを見出すに至ったのである。人々の中では、失望と嫌悪がせめぎあった。士官たちにはゲッベルスの病的なへつらいが理解できなかった。自殺することはドイツ国民を見捨てることだ。そんな選択はあり得ない！　敵が首都のすぐ近くまで来ているというのに。「どのような命令を？」と、将官たちはほとんど懇願するようにヒトラーに尋ねた。何年も前から彼らはヒトラーに盲目的に従う習慣がついており、自ら率先的に動くことなど思いもよらない不可能なことのように思えたのである。

この会議室にいた士官のひとりヨードル大将はその後イギリスの捕虜となり、戦後すぐの一九四五年六月に、この四月二二日の重大場面について詳細に証言した。「もはや君たちに出す命令はない」と、ヒトラーは答えた。

「もし上官がほしいなら、ゲーリングのほうに行くがよい。今後君たちに命令を与えるのは彼になる」

ゲーリング？　ヨードルも参謀部の他の士官も、第三帝国でもっとも無能で汚職まみれな男のひとりに統率されることを拒否した。「彼のために戦う兵士なんて、ひとりもいないでしょう」と彼らは叫んだ。「誰がまだ戦うと言った？　もはや戦うなど論外だ」とヒトラーは低い声で続けた。

「交渉する必要があるのだ……。そしてその点に関して、ゲーリングは私よりも優れている」[★3]

バイエルンのよき士官であるヨードルはかかとを鳴らして、この情報を地下壕でゲーリングの代理を務めるコラー大将に伝えた。コラーはすぐにオーバーザルツベルクまで行き、ヒトラーの決定をゲーリングに知らせた。

ゲッベルスはこの場面にたちあった。不倶戴天の敵、太っちょゲーリングに権力を握らせることなどあり得ない。たしかにヒトラーは一九四一年六月二九日に自ら署名した政令で、ゲーリングを正式な後継者と定めていた。もしヒトラーが死んだら、自動的に新総統になるのは……ゲーリング。ゲッベルスにとって、ヒトラーに戦争を続行するよう説得しなければならないことは明白だ。だから希望を、戦争という選択を残さなければならない。ゲッベルスはヨードルの判断に任せることにした。彼はヨードルに、ベルリン陥落を防ぐ可能性がまだあるかどうかを尋ねた。「あるとすれば、エルベ川にあたっている部隊をベルリン防衛にまわす以外はないと、私は答えた」[★4]。ゲッベルスはそれを直ちにヒトラーに伝えた。希望はある、とゲッベルスは言った。第三帝国を解放するのはシュタイナー軍ではなく、第一二軍司令官のヴァルター・ヴェンク大将だろう。一二軍は一五師団から成り七万人近い兵士を擁しているが、その大部分は士官学校生徒と少年兵で、訓練も装備も足りてはいなかった。

ヒトラーはこの新たな絵空事を信じることにした。

ゲッベルスはゲーリングに勝った。

★1——Nicolaus von Below, At Hitler’s Side: The Memoirs of Hitler’s Luftwaffe Adjutant, Londres, Greenhill, 2001, p. 236.
★2——Heinz Linge, With Hitler to the End…, op. cit., p. 189.
★3——Elena Rjevskaïa, Carnets…, op. cit., p. 289.
★4——Ibid.

一九四五年四月二三日

「ゲーリングが腐っていることは知っている」

——アドルフ・ヒトラー

前日の危機の余韻がふたつの地下壕の中に残っていた。一部の将官やナチ組織の高官は、死に至るウィルスに汚染された地域から逃れるように、避難所から去っていった。側近の輪は少し小さくなった。残ったのは最後の永遠の支持者、第三帝国の狂信者たちで、その中には前日総統地下壕に入ったゲッベルスとその妻、子どもたちと、忠実なエヴァ・ブラウン、盲従的なマルティン・ボルマンもいた。

最期までベルリンにとどまると決意して以来、ヒトラーは落ち着いたように見えた。肩の荷を下ろしたようだ。もちろん健康状態は相変わらず思わしくなく、左手の震えは悪化、右目の痛みもたびたび訴えていた。リンゲはコカインが一パーセント含まれている目の軟膏を毎日塗ってやらなければならなかった。とはいえヒトラーの精神状態は、地下壕居住者の証言によれば、悪化してはいなかった。

しかし一通の無線電報が、かろうじて保っていたヒトラーの平静さを大きくぐらつかせた。電文は午後遅くにオーバーザルツベルクから来たもので、差出人はゲーリングであった。このドイツ空軍総司令官は、ヒトラーの決意について知らされていた。自分が自らの名の下に交渉にあたる可能性があるというのだ。ヒトラーはあらゆることを自分で決める習慣だったのだから、通常時には考えられないことである。体制の後継者ゲーリングはそこから結論を出した。ヒトラーはもはや自由に移動することも活動することもできないのだろう。すでにソ連の手に落ちているか？　それとも、ドイツ軍の各参謀部に命令を伝えることが技術的にできないのか？　いずれにせよバイエルンアルプスの司令官室で、ゲーリングは考えた。ヒトラーはもはや第三帝国を統率することはできない。自分がその地位に就かなければいけないのだ。慎重なゲーリングはヒトラーに自分の意図を伝えたが、ヒトラーが自分を安心させてくれる可能性、すなわちすべて中止する可能性も、ヒトラーに残しておいた。その中身はこうである。

「[…]もし二二時までにいかなる返信も私のもとに届かなかった場合には、総統は行動の自由を失ったと考えざるを得ません。そうであれば政令の条件が適用されるとみなし、私はわが国民・わが祖国の利益のために必要な決定を下さなければなりません」

この電報が地下壕に届いた直後、ボルマンはこれを傍受した。この総統秘書は大喜びだ。ついにゲーリングを厄介払いできる。ボルマンは何年も前から、ゲーリングを役立たずで堕落していると見ていたのである。クーデターだ、最後通牒だ、裏切りだとわめきながら、ボルマンは電報を手にヒトラーの前に行った。そして直ちにオーバーザルツベルクへ出発して第三帝国を立て直し、ゲーリングを投獄するよう進言した。

この四月二三日、ベルリン南西部はまだ自由で、逃げ道を見つけられることをボルマンは確かめていた。第三帝国軍需大臣で建築家のアルベルト・シュペーアが、この場面について証言している。最初ボルマンの大げさな物言いにヒトラーは何の反応もみせなかった。しかしゲーリングから第二の電報が届いた。

重要事項！　必ず士官から伝達のこと！　電信番号一八九九号。選帝侯ロビンソン。四月二三日一七時五九分。第三帝国大臣リッベントロップへ。私は総統に四月二三日二二時までに指示を出してほしいと依頼した。その日その時間で総統は第三帝国の諸事の方針に関して行動の自由を失ったことは明らかとなり、一九四一年六月二九日の政令が発効する。その時点から、私はこの政令が指示するとおり、総統に代わってその全職務を遂行する。四五年四月二三日二四時までに総統から直接あるいは私を介してなにがしかを受け取らなかった場合には、ただちに空路で私のもとへ合流のこと。署名　ゲーリング、国家元帥

ボルマンは歓喜した。ゲーリングの二枚舌の新たな証拠だ。「これは裏切りです」と、ボルマンは動揺するヒトラーの前で言った。

「彼はすでに政府のメンバーに電報を送って、自分が今晩二四時には総統の職務を奪うと伝えているのです」

シュペーアはヒトラーの反応を覚えていた。

「ヒトラーは顔を赤くし、狼狽した目をして、周りのことなど忘れてしまったかのようだった。『ゲーリングが腐っていることは知っている。長い付き合いだからな』と彼は繰り返した。『奴はドイツ空軍を堕落させた。奴は腐敗している。わが国に腐敗が定着したのは奴の例に

倣ってのことだ。しかも何年も前から、奴はモルヒネをやっている。私はずいぶん前から知っているんだ[★1]』」

ゲーリングは弁明する機会も得られずに終わる。ボルマンは自らの敵に宛てた電文を作成する任を負った。

オーバーザルツベルク、ヘルマン・ゲーリングへ。貴殿はその行動により、総統と国家社会主義に対する国家反逆罪という罪を犯した。国家反逆罪は死刑である。しかし党に対してなした所業に鑑み、健康を理由にあらゆる職務を捨てるのであれば、総統は極刑を科さないであろう。承諾か否かで返答せよ。

同じときにオーバーザルツベルクのSS部隊の司令官は、ボルマンからまた別のメッセージを受け取った。そこには、ゲーリングが裏切り行為をしたため直ちに逮捕すべし、もしベルリンが数日以内に落ちたらゲーリングを処刑すべし、と書かれていた。

半時間後、ゲーリングの返事が官邸の地下壕に届いた。彼は重篤な心臓病を理由に、正式にあらゆる職務を辞任した。

★1——Albert Speer, Au cœur du Troisième Reich, op. cit., p. 667-668.

一九四五年四月二四日

「兵士、負傷者、ベルリン市民よ、全員武器を持て！」

——ベルリンの新聞に掲載されたゲッベルスのよびかけ

ベルリンはほぼ包囲された。南東の郊外にあるシェーネフェルト空港は落ちた。ソ連の元帥ジューコフとコーネフは進軍を早めた。ふたりの昇進は、この戦争にかかっていた。それは最初にベルリンを落とし、ヒトラーを捕らえた者のものである。

毎時間ごとに数千人のドイツ人がソ連の爆撃で命を落とした。主に市民で、女も子どもも、首都では誰もが犠牲になった。ドイツ軍では武器を持てる法定年齢が大幅に広がった。青少年や引退者も徴兵され、地獄絵のような戦場へと送られた。

戦いを拒否し、先に敗戦を認めてソ連に降伏することも、また悲劇的な最後を意味することに変わりはなかった。

ナチの狂信的なグループは昼も夜もベルリンの街路をまわって「裏切り者」を探し、見つけたら銃殺か公開絞首刑に処したからである。

総統地下壕の狭い自室に避難していたゲッベルスは、エネルギーがありあまっていた。第三帝国の首都が落ちつつあるというのに、この宣伝大臣は妄想的で威嚇的な声明を次々に出した。彼は健康であれ負傷者であれあらゆるベルリン市民に、ナチの戦士集団を拡大するよう呼びかけた。ためらう者は「淫売の息子」だ。ドイツのラジオのほうは、絶えずこんなメッセージを流し続けた。

「総統は諸君にふさわしい場を考えておられる。諸君は命令を実行するだけだ！」

「総統、それがドイツだ」

ナチの日刊紙『パンツァーベーア』（「甲冑をつけたクマ」の意、ベルリンの歴史的エンブレムのクマから）は、一九四五年四月二四日付の一面にヒトラーの最後となる公式宣言を掲載した。


心に留めよ。

われわれの粘り強さを弱めるような指令を支持する者、単に是認する者、それは裏切り者である！　そういう者は直ちに銃殺刑か絞首刑に処さねばならない。

地下一〇メートル近いところにいたヒトラーと最後の信奉者たちは、ベルリン市民の生き地獄を想像できなかった。それも当然だ。彼らはあえて外に出ようとはしなかったのだから。ただ防空壕とその居住者の安全を守る任務を負ったＳＳが、外と中とを行き来するだけであった。とはいえ状況に関する彼らの意見は決して求められず、彼ら自身も総統に報告しようとは一瞬も思いもしなかった。戦いに慣れたこれらの兵士たちでさえ、地下壕を脱出することなど考えただけでも身震いした。四月二〇日以来、ベルリン中で戒厳令が敷かれていた。地下壕の電話交換手ローフス・ミシュもこの苦しみから逃れられなかった。

「廃墟の町でゲシュタポにつかまったら逮捕されるだろうということも、私は恐れていた。［…］ヘンチェル「同僚の地下壕電話交換手」と私は、秘密警察に捕まったら殺されると信じ込んでいた」[★1]

総統地下壕は一時間ごとに少しずつ居住者の屍衣になっていった。

そんななかでも厚いコンクリートの内部では少しずつ生活が出来上がっていった。悪いニュースは日々次から次へと淡々とやって来る。ヒトラーの悲劇は見事な最終場面が繰り広げられていた。俳優は数十人いるかいないかであるが、それぞれの役をばかばかしいほど完璧に演じていた。この断末魔の第三帝国の小世界の中には、生き延びようとする哀れな人々がいた。リーダーに盲目的に従うことであらゆる責任を免れると思い込んでいる軍人、互いに対する憎悪で結びついた政治家、学生時代からナチ化して、死ぬまで忠実な若いドイツ人世代もいる。ただひとりヒトラーだけが、神経をぴりぴりさせているこの男女を、今でもひとつにすることができる。そして殺し合いをやめさせることも。

疑い始める者もいたとはいえ、大部分の人々は総統を完全に崇拝し続けていた。ヒトラーはすべてを計算し、予見し、組織していると彼らは考えた。繰り返される敗北も、ソ連軍を捕らえるための罠にすぎない。当然だ。その証拠に、ヒトラーはとても穏やかな様子だ。彼はブロンディという名の有名なジャーマン・シェパードと遊んでいる。ブロンディは仔犬を産んだばかりだ。仔犬は長靴やヘルメットがごろごろしている廊下を走りまわり、吠え立てている。しかも、ゲッベルスが誇り高いブロンドの妻マクダに六人の子どもともども地下壕に入るよう頼んで以来、ほとんど地下壕中が託児所のようになっていた。子どもたちと母親の居場所は旧地下壕に確保された。彼らだけのために四つの部屋が使われた。ヨーゼフ・ゲッベルスのほうは中枢である新地下壕で寝起きしたが、そこも愛する子どもたちから数メートルしか離れてはいなかった。一二歳のヘルガ、一一歳のヒルデガルト、九歳のヘルムート、八歳のホルディン、七歳のヘドヴィグ、まだ四歳のハイドラン。全員の名前がHから始まる。ヒトラーのH。それはゲッベルス夫妻が総統のためにできる最低限のことであった。

四歳から一二歳の子どもたちは昼も夜も砲撃を受ける地下壕の中で、どうやって時間を過ごすことができたのだろう？　遊んだり、けんかをしたり、ある部屋で、また別の部屋で、わめきながら駆け回ったり。ときには兵士たちに叱られたり、軍事作戦室から追い出されることもあった。歌を教えてくれる兵士もいた。当然ながら、その歌は子どもたちが「総統おじさん」と愛情をもって呼ぶ人物を称える歌であった。子どもたちは不安そうではなかった。砕けるような爆音がしても、コンクリートの土台が揺れても、子どもたちはすぐに慣れてしまった。それについては、ヒトラーの主治医モレル医師のような大人たちよりもはるかに上であった。衛生観念が疑わしく目つきの悪いこの太ったやぶ医者は、本当に恐怖で死にそうな勢いであった。この医者は精根尽きて、出発する権利をしつこく求めて手に入れた。自分の心臓はもうこれ以上ソ連軍の連続砲撃に耐えられないと、言い張ったのである。ゲッベルスの子どもたちは、周りにいるＳＳ隊員の深刻で不安げな様子をほとんど面白がっていた。無邪気な子どもたちは、「総統おじさん」が嘘をつくことなど想像できなかった。おじさんは、まもなく優しい兵隊さんが来て、意地悪なロシア人を家に帰してしまうと言ったではないか。明日からは広々としたお庭に遊びに行けるのだ、と。

マクダ・ゲッベルスもまた、忙しくしようとしていた。ナチの女性らしいほとんどワグナー風の顔立ちのこの女性は、どんな手段を使ってでも心が折れないようにしようと努力した。マクダは四三歳で、夫が聞かせる妄想的な物語をずいぶん前から信じてはいなかった。確実な勝利だの総統の予見だのに賛同するふりなど、もはやしなかった。彼女は地下壕が自分や子どもたちの墓場になるであろうことを完璧に理解していた。理性を失わないための活動は、すぐに見つかった。家事をしなければという強迫観念は、こんな悲劇的状況の中では馬鹿げたことに見えるかもしれないが、マクダを生者の世界へ連れ戻してくれた。例えば子どもたちの衣服を清潔に保つこと、そしてきれいに整頓すること。ナチの想像の世界でなじみ深い神話の乙女ワルキューレのイメージで、マクダは家族を飲み込んでしまう悲劇的な最期を受け入れた。もし第三帝国が消滅しなければならないのなら、自分も死に、子どもたちをナチズムのない世界から守るほうがいいと、彼女は確信していた。ただ、唯一の恐怖を考えるとすくんでしまう。自分が早く死んでしまったらという恐怖である。自分が自ら可愛い子どもたちの命を奪う前に死んでしまったら。あるいはもっと悪いことに、最後の最後に勇気が出ずに、やらなければいけない六人の子ども殺しをする力がなかったら。そのため彼女は折に触れてほとんど狂ったような目をしながら、地下壕内にいる周囲の人々に、助けを、支援を頼んだ。ときがきたら子どもたちを殺す手助けをしてほしい、と。

★1——Rochus Misch, J'étais garde du corps d'Hitler (1940-1945), op. cit., p. 201.

一九四五年四月二二日

「かわいそうな、かわいそうなアドルフ。みんなから見捨てられて、みんなに裏切られて!」

——エヴァ・ブラウン

ヴェンク軍の防衛はうまくいかない。この血気盛んな大将はベルリンから南西に三〇分のポツダムのあたりで止められてしまった。ベルリンの中心街はいまやソ連の特撃隊にさらされている。六年前にナチの建築家アルベルト・シュペーアが設計・建築したどっしりとした新官邸は、ソ連軍が浴びせかける砲弾の嵐にも驚くほどよく耐えた。しかし赤軍の砲兵隊は総統の隠れ家に砲撃を集中した。アメリカ軍のほうはオーバーザルツベルクに大規模な空爆を行った。ナチの指導者たちの逃げ場として一番の選択肢がなくなったわけである。

総統地下壕の廊下では、いつもの厳格な規則が終わりつつある雰囲気になった。男たちはタバコを吸い、酒を飲んだ。普通なら考えられないことだ。禁欲的なヒトラーが許さなかったからである。総統秘書のゲルダ・クリスティアンとトラウデル・ユンゲはもう何もすることがなく（ほかのふたりの秘書クリスタ・シュレーダーとヨハンナ・ヴォルフは四月二二日に地下壕から出ていた）、総統の専属栄養士コンスタンツェ・マンツィアリーと話をしていた。そこにエヴァ・ブラウンが加わり、お茶を囲むこともよくあった。ゲッベルス夫人だけは離れていた。誰もが彼女を避けていた。彼女は錯乱に近い状態に見えたし、子どもたちのことを話すたびに泣き崩れそうになるからである。

エヴァ・ブラウンは全く反対で、地下壕の中で完全にくつろいでいる様子であった。三三歳の若い彼女はかつてないほど輝いていた。この歴史的なときを、心から味わっていた。ついに総統の愛人として満ち足りた存在になることができた。ヒトラーは彼女を必要とせずにはいられないほど衰えている。このエレガントなバイエルン女性は微笑みを絶やさず、高名な訪問者が地下壕に来ると喜んで迎えた。もちろん最低限のもてなししかできないことは、あらかじめお詫びした。例えばシュペーアが総統に別れの挨拶に来たときは、エヴァ・ブラウンは一杯飲むよう誘った。この機会に、彼女は冷えたシャンパン――モエ・エ・シャンドン――を手にいれることにさえ成功している。官邸の広々としたレセプションルームの代わりに、コンクリート独特の臭いが鼻につく窓のない小さな寝室で我慢しなければならなかったが、幸いにもエヴァはその部屋を魅力的に飾り付けた。「彼女は私が何年か前に官邸の彼女用の二部屋のためにデザインした美しい家具を使って、その部屋をセンスよくしつらえていた」と、アルベルト・シュペーアは言う。

「実際、エヴァ・ブラウンは死を約束された地下壕の人々の中でただひとり、この上なく穏やかな様子だった。それは崇拝すべきほどだった。ほかの人々が全員、ゲッベルスのように英雄的な高揚にとらわれたり、ボルマンのように生き残ることに腐心したり、ヒトラーのように精気がなくなったり、ゲッベルス夫人のように打ちひしがれたりしている中で、彼女はほとんど楽しげなほど平静だった[★1]」

その理由は、愛人ヒトラーに長い間拒否されてきたものを手に入れられそうだったからである。結婚だ！ その日を待ちながら、彼女は着飾ったり、いろいろな手入れをしたり、周りの悲しむ人々にお茶をふるまったり、ドイツ人の戦争犠牲者が多いことを悲しんだりしていた。

自らの死については、問題はない。覚悟はできていた。でも、どうやって威厳をもって死ぬのか？「私はきれいな遺体でいたいの」と彼女はトラウデル・ユンゲに打ち明けている。口にピストルを撃ち込んで、美しい顔を熟しすぎたスイカみたいにめちゃめちゃにするなどあり得ない。おそろしいほど醜いだろうし、自分だと見わけがつかないかもしれない、と彼女は言った。自分の遺体が勝者に写真に撮られて世界中に紹介され、さらには歴史の本にまで載るのは明らかなのだから。唯一の解決策は毒だ、と彼女は結論づけた。シアン化物。地下壕の士官は全員シアン化物の入ったアンプルを持っているようだった。ヒトラーも含めて。

★1――Albert Speer, Au cœur du Troisième Reich, op. cit., p. 670.

一九四五年四月二六日

「生きていてください、総統。それがドイツ国民ひとりひとりの願いです！」

――ハンナ・ライチュ、ドイツ航空界のエース

すべての将官に見捨てられた。ヒトラーは嫌な気分で目が覚めた。ドイツ軍の士官もＳＳ隊員も、ヒトラーは誰をも嫌悪した。ヒトラーからすれば、彼らはよくみても無能、悪く言えば裏切り者で臆病だ。地下壕は包囲された。いまやテンペルホーフ空港がソ連軍の手に落ちる番である。もはやベルリン南西のガトー空港の滑走路しかない。そこはどれだけ持ちこたえられるのか？　ソ連軍は攻撃を倍増した。それでも小さなふたり乗りの飛行機、フィーゼラー・シュトルヒは着陸に成功した。パイロットは空軍大将のリッター・フォン・グライム。二〇歳年下のパートナー、ハンナ・ライチュが同乗して、ナビゲーターの役割を果たした。ハンナは三三歳になったばかりで、ヒトラーに再会する機会を絶対に逃したくはなかった。ドイツの民間航空界のエースとみなされていたこの女性は、ソ連の高射砲の間を縫って進むことも恐れなかった。二日前に第三帝国参謀部から明確な命令を受けたとき、グライムとライチュは一五〇キロ北にあるナチのレヒリン基地にいた。「直ちにベルリンへ来ること！　総統がお望みである」という命令であった。

ガトーに着くと、フォン・グライムはナチの士官に尋ねた。なぜ命の危険を冒してまでベルリンへ行かなければならないのか？　防衛機密だという返事。「しかし、命令はまだ有効なのか？」と、空軍大将はいらだった。

「かってないほどです。どんなことがあっても地下壕へ行ってください」

ガトー空港から総統地下壕までは三〇キロ程度しか離れていないものの、陸路で行くと敵の支配下に落ちる恐れがあった。総統のもとへ行くには空路しかない。そのためには再び小型飛行機に乗らなければならない。ふたりの飛行家はベルリンの空を突き抜けるソ連の砲撃の間をどうにか縫って進んだ。数分後、超低空飛行する小型機は機関銃に撃たれた。フォン・グライムは「やられた」と叫んで気を失った。弾丸が機体を破り、グライムの足に当たっていた。後ろに座っていたハンナ・ライチュは彼の肩ごしに操縦桿を握った。ベルリンは幾度となく飛んだことがあり、熟知している。しかし世界一強力な砲撃の下を飛ぶのは初めてだ。地下壕のそばのブランデンブルク門の脇に着陸できるよう臨時滑走路を用意してあると、ガトーでナチの士官が言っていた。ハンス・バウアがすべて整えていた。着陸時に飛行機の翼が壊れないよう、数百メートルにわたって街灯が取り外されている。すばらしい考えだ。ライチュはかろうじて道の真ん中に着陸したが、バウアが想定した位置からは少し離れていた。飛行機のプロペラがまだ回っているときに、すでにソ連兵が近づいてきた。そこにうまい具合にナチの車が猛スピードで到着し、女性パイロットと負傷者を救い出した。

地下壕には一八時ごろ、何とか無事に到着した。最初にふたりを迎えたのはマクダ・ゲッベルスであった。神経発作にとらわれたような彼女は、ふたりを見て涙にくれた。ふたりが自分たちを脱出させるために来たと思ったのだろうか？　しかしフォン・グライムはそれに注意を払うどころではなかった。意識は取り戻したが、足から大量に出血していた。彼は直ちに小さな手術室に運ばれた。ヒトラーもすぐにやってきた。ついに勇気ある男が来たと、ヒトラーは大喜びだ。フォン・グライムとヒトラーのその後の会話は、のちに捕虜になったハンナ・ライチュが一九四五年一〇月にアメリカの秘密情報機関に伝えている。

ヒトラー——なぜ私が君を呼んだか分かるか？

フォン・グライム——いいえ、総統。

ヒトラー——ヘルマン・ゲーリングが私と母なる祖国を裏切り、見捨てたのだ。私の背後で、奴は敵と関係を結んでいた。奴の行動は卑怯者のしるしだ。私の命令に反して、奴はベルヒテスガーデンに向かって逃げた。そこから私に無礼な電報をよこした。私がいつか奴を後継者に指名したと言うのだ。そして、いまや私はベルリンから第三帝国を統率することはできないのだから、自分がベルヒテスガーデンから私の代わりを果たすつもりだと言う。奴は電報の最後に、電報の日付の二一時三〇分［ゲーリングの電文では二二時］までに私からの返事がなければ、私が承諾したとみなすと書いている。

ナチ党に加入したことはないが総統を崇拝するハンナ・ライチュはこの場面について、「悲劇のように胸がいたんだ」と言っている。彼女によれば、ヒトラーはゲーリングの裏切りについて言及するときに涙を浮かべていたという。彼は深く傷ついているようで、ほとんど子どものようだった。それからよくあるように急に機嫌が大きく変わった。目は生命力を取り戻し、眉をひそめ、神経質そうに唇にしわを寄せた。「最後通牒だ！」と、ヒトラーは錯乱したようにわめき始めた。

「最後通牒だ!! 何であれ私はのがれることはできなかった。いかなる忠義も名誉も大切にされず、いかなる失望も免れられなかった。まだ知らずにいた裏切りも、そして何よりも今回の裏切りも。もう何も残っていない。すべてやられてしまうのだ！」

フォン・グライムとライチュはあえてヒトラーの言葉を遮らなかった。ふたりは命を賭けて会いに来た男の激しい憎しみを前にして、身動きができなかった。

ふたりは「裏切り」について全く知らなかった。フォン・グライムはドイツ空軍の大将であり、「裏切り者」ゲーリングの直接の部下である。ゲーリングはつい四月二三日まで強い力を持つドイツ航空大臣だったのである。

「私はゲーリングをただちに第三帝国に対する反逆罪で逮捕させた」、とヒトラーは冷静に続けた。

「あらゆる職務を解任し、われわれのあらゆる組織から追放した。君をここに呼んだのはそのためだ」

フォン・グライムは急ごしらえのベッドの上でつらそうに起き上がった。足はおそろしいほど痛かったが、苦痛で顔がゆがみそうになるのをこらえた。

「ここに私は、貴下をゲーリングの後継者たる空軍総司令官として申し渡す」

これが、ヒトラーがグライムを地下壕まで来させた理由だ！　こうした任命は距離が離れていても全く問題なくできたはずだ。しかしヒトラーは地下壕の外の状況を全然理解せず、相変わらずドイツ人の命の心配などしなかった。いまだ忠実な最後の大将であっても、それは変わらなかった。

正式な通知を受けた以上、フォン・グライムはレヒリンに向けて再び出発するしかなかった。一瞬たりとも無駄にできないと、ヒトラーは伝えた。足の傷は？　不運ではあるが、戦時なのだから我慢できる範囲だ！「出発して空軍の反撃を指揮するのだ」とヒトラーは命じた。ベルリンの空が今やロシア語を話すのでなければの話だ。砲弾がとびかう道路に緊急着陸することも一大事だが、再び離陸するとなればまた話は別である。ヒトラーにとってはそんなことはどうでもよい。彼の命令は戦場の現実に勝る。そのため、ドイツ空軍の生まれたての総司令官をベルリンから迎えるために、レヒリン空軍基地から最高の、そして最後のパイロットたちが送り込まれた。しかし一機また一機と、ドイツの航空機はソ連軍に撃ち落とされた。フォン・グライムとライチュは地下壕での滞在を延ばさなければならなくなった。ふたりにとって最高に嬉しいことが期待できる。総統のそばで死ぬことは、究極の特権のように思えたのである。

夜遅く、ヒトラーはハンナ・ライチュを呼んだ。この女性パイロットはエヴァ・ブラウンと同い年だが、性格は全く違った。ハンナ・ライチュは冒険やそれに伴う危険、感情の高まりが何よりも好きだった。ドイツ空軍のテスト飛行士であり、体制のプロパガンダでは、ドイツ第三帝国の女性の勇敢さと胆力を体現する存在としての役目を果たした。その結果、彼女はナチ帝国の女性として唯一、軍の最高勲章である鉄十字章を、それもヒトラーの手ずから受けている。それはナチドイツがヨーロッパ中を震え上がらせ、眼前の軍隊をひとつずつ打ち破っていた、今とは違う時代のことである。当時ヒトラーは報復的な言葉によって、男であれ女であれ魅了していた。そのまなざしは最高の鋼の刃のように人々に突き刺すと言われたものだ。この四月二六日、ハンナ・ライチュはあれほど自分を虜にした男を認めただろうか？　目の前にいる男、いや、むしろ亡霊は、本当にヒトラーなのか？　このときのことを、ライチュはアメリカの秘密情報機関にこう打ち明けている。

「か細い声で、ヒトラーは私に言いました。

『ハンナ、君は私と一緒に死ぬ人々のうちのひとりだ。われわれは全員、こんな毒のアンプルを持っている』

そう言って、彼は私に小瓶を渡しました」

勇敢なパイロットである彼女にとって、これはとどめの一撃であった。彼女は椅子に崩れ落ちて涙にくれた。このとき初めて、状況が絶望的であることを彼女は理解した。「総統、なぜあなたはここにとどまるのですか」と彼女は聞いた。

「どうしてドイツからあなたの命を奪うのですか？　あなたが最後までベルリンに残ると報道されたとき、国民は恐怖で立ちすくみました。『総統は生きなければならない、それでこそドイツは存続できる』と、人々は言っています。生きていてください、総統。それがドイツ国民ひとりひとりの願いです！」

こんな愛の宣言に、こんな忠誠心にあふれる場面に、ヒトラーはどう反応したのだろう？　この場に証人はおらず、伝えられるのはハンナしかいない。彼女はヒトラーを良識ある男として、国民の将来を案じる国家元首として、ヒューマニストとして紹介しようとするのだろうか？　もちろんそうだ。彼女は、共感できるような話、ほかの機会に側近が誰ひとりとして報告しなかったような話を、ヒトラーがしたと言う。いずれにせよ、ハンナ・ライチュによるこのエピソードを続けよう。ナチ総統は、自分の運命から逃れることはできないと穏やかに重々しく答え、ソ連の攻撃の罠にはまった三〇〇万人ほどのベルリン市民を守るためにベルリンにとどまる決意をしたと言った。

「私がここにとどまることによって国のあらゆる軍が私を手本にし、この町を救いに来ると私は考えた。全軍が超人的な健闘を見せて私を救い、それによって三〇〇万人のドイツ人を救うことを、私は期待している」

ヒトラーは市民のために自らを犠牲にするのだろうか？　これまで彼はベルリン市民の運命など考えたこともなかった。それどころではない。地下壕を出てバイエルンアルプスに避難すれば、結果としてベルリンを破壊的な長い包囲から解放するのだからと助言者たちが懇願しても、ヒトラーは断固拒否していたのである。

まだ地下壕にとどまっていた総統専属秘書ふたりのうちのひとりであるトラウデル・ユンゲは、ハンナがヒトラーに魅了されていたことを記憶していた。

「彼女はおそらくヒトラーを無条件に、手放しに敬愛する女性のひとりだった［…］。彼女は総統とその理想のために死にたいという熱狂的な思いを夢中になって吹聴していた」[★1]

ハンナ・ライチュはヒトラーに対して少しも客観的になれなかったのだろうか？　たしかなのは、彼女は毒のアンプルを手にヒトラーのもとを去り、足を負傷して病床にあるグライムのところに戻ったということである。そして彼女はグライムに、この戦争は負けだと伝えた。

★1――Traudl Junge, Dans la tanière du loup. Les confessions de la secrétaire d'Hitler, Paris, JC Lattès, [2003] 2005, p. 240.

一九四五年四月二七日

「エヴァ、君は総統から離れるべきだ……」

――ヘルマン・フェーゲラインSS中将、エヴァ・ブラウンの義弟

眠るのは不可能だ。天井と壁の厚みにもかかわらず、総統地下壕はどこもかしこも細かく揺れている。ソ連の砲兵隊は夜の間じゅう、地獄のような連続発砲を続けている。ヴェンクの反撃は阻止されたのだと、ヒトラーは理解した。大将には新たな部隊が必要だ。しかし、そんなものは一体どこにあるのだろう?

地下壕の居住者たちは希望を失い、次々と弱っていった。アルコールに浸らない者たちは、きっぱりと決着をつける最良の方法について大声で尋ね合っている。またある者たちは、部屋に閉じこもって人目を避けて泣いている。ヒトラーは自分が支配力を失っていることを感じた。そこで何回目かの軍事会議を開くよりも、むしろやや特別な会合を開くことにした。彼はそれを簡潔に「自殺会議」と名づけた。呆然とする人々を前にして、ヒトラーはときが来たとき

に誰もが失敗せず自殺するための計画を、冷静に細かく説明した。具体的に言えば、ロシア人兵士が官邸の庭に足を踏み入れたら、ただちにそれぞれが自殺しなければいけない。側近の誰かが生きて捕らえられるなどあってはならない。そうした破滅的事態を避けるために、ためらいを見せた者については忠実な親衛隊員やゲシュタポのメンバーがその熱意で助けてくれるだろう。会議の終わりにはナチの長ったらしい挨拶があり、最後まで計画を守ることが大げさに約束された。

この件は片づいたものの、ヒトラーはいらいらしていた。耐え難い音が地下壕内に響き渡っている。爆弾ではなくほかの音だ。従者リンゲはヒトラーに、地下壕の換気装置が壊れかけていると知らせた。総統は不安になった。それがなければ呼吸ができない。地下壕の真上にある外で大規模な火災が起こり、その炎が空調システムの問題を引き起こしたのだ。ヒトラーは従者の説明を当惑しながらも静かに聞いた。官邸の庭で火事だと？　そんなことがあり得るのか？　四月二〇日に新官邸の大ホールで即席の小さな誕生会が開かれて以来初めて、ヒトラーは地下壕から外に出たいと言った。何が起こっているのか、自分の目で確かめたい。やっとの思いでヒトラーは外に続く階段のほうへ向かった。金属製の手すりにしがみつきながら、階段を一段ずつ上る。リンゲは万一ヒトラーが落ちたときのために、真後ろについた。庭に通じる厚い補強ドアは閉まっていた。リンゲが急いで開けようとしたとき、一発の砲弾がほんの数メートル先で砕けた。鼓膜を引き裂くような爆音。従者が総統の無事を確かめるために振り返ると、その姿はなかった。ヒトラーはすでに地下壕のほうに下りていたのである。彼はもう外に出ることはないだろう。

SS中将フェーゲラインのほうはうまく地下壕を脱して、もう戻るつもりはなかった。ヒムラーの正式な代理としてヒトラーのそばにいるべき人間が不在であることは、夜の参謀会議まで気づかれなかった。それを知るとヒトラーは怒りを押し殺した。集団自殺をしようというヒトラーの意思にフェーゲラインが賛同していないことは分かっていた。根からの遊び人でいつも女を追い回しているこの男はまだ三八歳で、生きたいという強い願望から考えられないようなことをしでかした。逃亡だ。ヒトラーはそれを個人的な事柄として、ただちに彼を見つけ出したいと思った！　総統の専属運転手で地下壕の駐車場の責任者でもあるエーリヒ・ケンプカは、彼がどこに隠れているかを知っていた。一七時ごろにフェーゲラインから、まだ使える最後の二台の車を使わせてほしいと頼まれたと、ケンプカは言う。「軍事的な理由で」と説明したという。三〇分すると車とその運転手は地下壕に戻ってきたが、SS中将の姿はなかった。急いで探したところ、フェーゲラインはベルリンにある自宅アパートに避難していることが判明した。ヒトラーとボルマンはこの裏切り行為に激怒した。兵士たちが緊急でフェーゲラインのもとへ送られた。兵士たちが見たのは、ベッドで女と寝ている彼の姿であった。それは妻でエヴァ・ブラウンの妹であるグレートルとは違う女だ。部屋には長い旅行のために用意されたスーツケースとともに、金や銀行券、宝石の詰まったカバンも見つかった。フェーゲラインは否認することはできなかった。泥酔状態で、歩くこともままならないほどだったからである。

しかし、そんなことは重要ではない。エヴァ・ブラウンの義弟である限り、総統の家族同然ではないか？　フェーゲラインは一九四四年六月にグレートル・ブラウンと結婚した。その目的はただひとつ、ボルマンやゲッベルスやその一味など、自分を嫌悪する総統の第一の側近から身を守ることにあった。この人々は、ヒトラーに非常に近しいこのアーリア系ドイツ人がナチズムを全く信じてもいないし、上司を崇拝してもいないことに、ごく早い時期から気づいていた。フェーゲラインは厳しくかつ死と隣り合わせの主義に喜びを見出すには、女と人生と金を愛しすぎていた。

それに、彼はヒトラーの「お気に入り」のひとりではないだろうか？　先日の四月二〇日の誕生日に、最初に祝いの言葉を述べたのは彼ではないか？　彼ならすべてが許されるはずだ。いや、それはヒトラーのことを分かっていない人の言葉である。ヒトラーは最初のうちはせいぜいベルリン戦の中心部隊に配属して罰する程度のつもりでいたが、最後には意見を変えた。フェーゲラインは脱走の容疑で即席の軍法会議で裁かれることになった。受ける罰は死刑である。

エヴァ・ブラウンは義弟を守るために何もしようとしなかった。それどころか彼女はヒトラーに、彼から前日に電話をもらったことまで打ち明けた。フェーゲラインはエヴァに、自分と一緒にベルリンから逃げようと説得した。そのとき彼はこう言ったらしい。「エヴァ、彼をベルリンから脱出させられないのなら、君は総統から離れるべきだ。馬鹿なまねはよせ。今や生きるか死ぬかの問題なんだよ！[★1]」

SS中将の運命を最終的に閉ざすためには、もはやこれ以上何も必要ない。とはいえ、酔った男を裁くわけにはいかない。フェーゲラインは厳重な監視つきで独房に入れられた。裁判は、酔いが冷めるのを待って行われる。

★1――Traudl Junge, Dans la tanière du loup…, op. cit., p. 245.

一九四五年四月二八日

「ヨーロッパ戦終結に向けてヒムラーが交渉開始」

――ロイター通信

一日は嫌な始まり方をした。九時ごろ、戦闘部隊所属のSS士官がヒトラーの前に報告に来た。ロシアの特別攻撃隊の第一陣が、官邸から一キロ強のヴィルヘルム街まで近づいているという。ヴェンクはまだ到着していない。問題はいまや地下壕は落ちるのかではなく、いつ落ちるのかということになった。このニュースが伝わると、地下壕の人々はそれぞれ自分用のシアン化物入りアンプルをもらいたいと望んだ。しかし全員分はなく、何人かの選ばれた者だけがこの栄誉を受けた。総統に近い最後の護衛隊の一員になった兵士たちは、戦闘用の武器で自殺しなければならないだろう。外から無駄に助けが来ないように、最後の電話線も切断された。敵軍の動きに関する情報を得るために、地下壕の無線通信士はラジオを聞いた。とくにBBCである。このイギリスの放送局のおかげで、総統は新たな裏切りを知った。ゲーリングのそれよりもさらにもっとつらい裏切りだ。かろうじて聞き取れる程度の音であっても、BBCで繰り返される情報に疑いの余地はなかった。ヒムラーが連合国に対して第三帝国の降伏を提案したらしい。BBCはイギリスのロイター通信の速報を引用した。それによると、SSの最高指導者ハインリヒ・ヒムラーが英米に単独講和を提案した。ロイターの記事のタイトルは「ヨーロッパ戦終結に向けてヒムラーが交渉開始」。その記事にはこうある。「ヒムラーはイギリスとアメリカのみに降伏をもちかけ、週末に衝撃をもたらしたロシアは除外した。ヨーロッパ戦を早期終結させるための駆け引きが始まったものと思われる」。取り決めはこうだ。ヒトラーを退け、ヒムラーがその地位に立って第三帝国を存続させる。そしてドイツ軍は連合国に加わって、ソ連軍と戦うのである。地下壕の中では、もう我慢できなくなっていた。ゲーリングの態度には実は誰も驚いていなかったが、「ユダヤ人問題の最終的解決」の男、忠誠者中の忠誠者であるヒムラーのこの態度は、ナチ体制の中でも最も確かだと思われていた部分をうち砕いた。

ヒトラーは狂ったように反応した。ハンナ・ライチュは回想する。

「ヒトラーの顔は肌色から真っ赤になった。本当に別人のようだった。[…]しばらく興奮していたが、最後には茫然自失状態に陥り、地下壕は完全に静まり返った」

ゲーリングにしたのと同じように、ヒトラーは直ちにヒムラーからすべての職務を剝奪し、党から追放した。

フェーゲラインはSSトップの裏切りのために代償を払うことになった。彼はヒトラーのもとでヒムラーの正式な代理であったため、死刑が即刻現実のものとなったのである。総統からみれば、このエヴァ・ブラウンの義弟は権力を奪って敵と交渉しようというヒムラーの計画を絶対に知っていたはずだ。逃げようとしたのがその証拠であると、ヒトラーは考えた。

「RSD（第三帝国保安局）の隊員数人がフェーゲラインを探しに行った。廊下を何メートルか歩いただけで、隊員のひとりが短機関銃を手にして、彼の背中に連射した★1」

こうしたいくつもの裏切りで、地下壕内じゅうに妄想的な感情が広まった。次は誰だ？ それぞれが監視しあい、逃亡のきざしや最高指揮官に対する批判がわずかでも見られないかと探りあった。地下壕の外の地上では、ベルリンの中心部は荒れ果てていた。怒れるソ連は第三帝国の首都を襲い続けた。ソ連の強力な戦車が地下壕にごく近いポツダム広場の建物を破壊した。数人の兵士と主に民兵から成る「国民突撃隊」によるドイツの抵抗は、容赦ない敗北を数日遅らせるに過ぎなかった。

国民突撃隊は一九四四年秋にヒムラーのアイデアから生まれたものである。戦争には国民全体が参加しなければならない。第一段階では、一六歳から六〇歳の健康な男性を対象にして国家総動員がかけられた。その後とくにベルリンでは、負傷者やもっと幼い子ども、老人さえも、餌食として捨てられる部隊を大きくするために召集された。武器も制服もきちんともたない国民突撃隊の民兵たちはソ連からは義勇兵とみなされ、その肩書として戦時の国際的取り決めの保護枠には入らないとみなされた。はっきり言えば、降伏しても銃殺されるのである。

地下壕の居住者たちは、改めて最後にヒトラーにここから逃げ去るよう懇願した。ヒトラー青少年団(ヒトラーユーゲント)の指導者アルトゥール・アクスマンは救世主を演じようとした。彼はヒトラーをひそかに脱出させることができると思っていた。突撃隊の兵士たちはヒトラーのために死ぬ覚悟がある厳選された男たちだ。この部隊がある限り、逃亡はまだ可能だ。飛べる状態にある飛行機が一機、ガトー飛行場に残っている。官邸のすぐ脇に準備された臨時の滑走路は、まだドイツの支配下だ。ハンス・バウアは、それは危ない、危険だ、でも可能性はある、と言った。総統の一言で、身振りひとつで、逃亡は始まるのだ。

ヒトラーは疑いながらも話を聞いたが、あまりに疲れ果てていた。その病んだ体と不安定な神経で、衝撃に耐えることだけでもできるのだろうか? ハンナ・ライチュから見ると、この五六歳の男はもはや終末期の老人にすぎなかった。「力のない彼が避難所から出られるような安全な通り道があるのだろうか」と彼女は考えた。この現実をヒトラーは完全に認識していた。生きて地下壕を出るという彼の最後の願いは、ベルリン戦に勝つということなのであった。

一九四五年四月二九日

「証人の前でお尋ねします。アドルフ・ヒトラー総統、あなたはエヴァ・ブラウンさんとの結婚を望みますか？」

――ヴァルター・ヴァグナー、ナチの戸籍係

★1――Rochus Misch, J'étais garde du corps d'Hitler (1940-1945), op. cit., p. 206.

真夜中。

ヒトラーはとても興奮している。ソ連の毒牙から逃れる方法を見つけたと思ったのだ。彼が選んだのは、爆撃の中を逃げるというアクスマンの提案ではない。決然とした足どりで、ヒトラーは空軍の新司令官フォン・グライムとハンナ・ライチュが休んでいる寝室に入った。このエピソードに関するライチュの証言を、アメリカ当局は「機密」と分類している。内容はこうだ。「フォン・グライムはその晩に地下壕から出るようヒトラーから命じられて、茫然としていました」と彼女は話す。なりたての空軍元帥（ヒトラーはこの昇進を伝えたばかりだった）はまだ傷が癒

えずベルリンに閉じ込められていたが、歴史の流れに逆らうとんでもない任務を背負わされた。ロシアの攻撃を阻むこと、少なくとも遅らせること。そのためにはまず北に一五〇キロのレヒリン空軍基地に行き、そこからベルリン周辺のソ連軍に対するドイツ軍の空襲を指揮するのである。ヒトラーは自分の計画の成功を少しも疑わず、ついでにフォン・グライムにもうひとつの仕事を託した。もっと個人に、特定の個人に関することだ。

「君がレヒリンに出発する第二の目的は、ヒムラーを阻止することだ」

親衛隊全国指導者の名前を口にするとき、ヒトラーの声は震え始め、唇と手はほとんど痙攣していた。それでも彼は執拗だった。フォン・グライムはデンマークとの国境に近いプレーンの司令部にいるデーニッツ大提督に、ヒムラーの逮捕命令を伝えなければならない。

「裏切り者に総統として私の跡を継がせることは絶対にしない。君はそれを確実にするために、ここを出発するのだ！」

ベルリン中に赤軍の兵士が入り込んでいた。ナチの首都を灰にするために今や地上には二〇〇万人以上の兵士がおり、空には赤い星のついた一〇〇〇機近い戦闘機が飛んでいる。フォン・グライムとハンナ・ライチュはヒトラーを正気に戻そうとした。無理に出発させるのは死刑判決に署名するのと同じことだ。

「第三帝国の軍人として、わずかな可能性でも試すのが君の聖なる務めだ」と、ヒトラーはいらだった。

「これはわれわれの最後のチャンスなのだ。これは君の義務であり、私の義務はチャンスを捉えることだ」

口論は終わりだ。彼は命令し、兵士は従う。とはいえハンナ・ライチュは兵士ではない。この若い女性は気骨のある民間人である。

「駄目、駄目です！」

彼女は叫んだ。彼女から見れば、こんなことはすべてただの狂気に過ぎない。

「もう何の見込みもありません。今さらそれを変えようとするなんて、馬鹿げています」

期待に反してフォン・グライムは彼女を制止した。新元帥は総統を救うことをためらった男として歴史に残りたくはなかった。たとえ一パーセントしか成功のチャンスがなくてもそれを摑むべきだと、彼は若い恋人の目をまっすぐ見ながら宣言した。

出発の準備には何分もかからなかった。地下壕内の空軍の代表者ベロウは新たな上司を激励した。

「やり遂げなければいけません。真実がわが国民に明らかになるかどうか、そして世界を前にして空軍とドイツの名誉を救うことができるかどうかは、貴方にかかっています」

地下壕の居住者たちもヒトラーの計画について知らされた。誰もが出発するふたりを羨んだ。ある者たちは急いで手紙を書いて、彼らに渡した。そのどれもが近親者に宛てた即席の遺言書のようなものであった。のちにハンナ・ライチュは連合国の軍人に尋問を受けたときに、そうした手紙はすべて――エヴァ・ブラウンが妹グレートルに宛てたものも含めて――敵の手に落ちないように破棄したと語っている。ただし二通を除いて。ゲッベルス一家がマクダが最初の結婚でもうけた長男ハラルト・クヴァントに宛てた二通である。ハラルトは当時二四歳で、家族の中で唯一地下壕に入っていなかった。そのため彼は一九四四年にイタリアで連合国の捕虜になっていた。マクダ・ゲッベルスはこの手紙だけをハンナ・ライチュに渡したのではない。ダイヤモンドをはめ込んだ指輪も記念として贈っている。

ヒトラーの命令を受けてからわずか三〇分。グライムとライチュは準備を終えた。ふたりは地上に出て、用意された軽装甲車に飛び乗った。ブランデンブルク門へは一キロも離れていない。そこには小型飛行機アラド九六が待っていた。それと分からないように覆いがかけられている。通りではソ連の迫撃砲による砲撃が、いまや狂ったような不規則な音をとどろかせている。空は首都の数百の建物を包む火を映して、真っ赤に染まっている。灰まみれの大気で顔は黒くなり、喉はひりひりした。死体が散乱した路地をジグザグに進む車の中で、ハンナ・ライチュはドアから反対側のドアへと揺すぶられた。苦痛で顔をしかめることもないほど、彼女は神経を集中していた。これが脱出の中でもっとも簡単な部分にすぎないことは分かっていた。
遠くに見える飛行機の操縦桿を、まもなく彼女は握ることになる。飛行機はベルリンでもっとも有名なモニュメントであるブランデンブルク門の横、大通りの真ん中に東西の方向でとまっていた。

アラド九六は戦闘機ではない。ドイツ空軍はこれを主にパイロット訓練生の練習のために使っていた。速度はそれほど出ず、戦闘機のメッサーシュミット一〇九が時速六五〇キロを超えるのに対して、時速三三〇キロしか出ない。とはいえこれは恐るべき性能を発揮する。ハンナ・ライチュはこのモデルをよく知っており、この飛行機ならあらゆる偉業も可能だと感じていた。いずれにせよ瓦礫だらけの舗道から離陸することだ。プラスの点として、この急ごしらえの滑走路は砲弾の衝撃でどろどろに溶けてはいない。マイナスの点として、この滑走路は長さが四四〇メートルしかない。ハンナ・ライチュは操縦席に座り、急いでフォン・グライムを後部に座らせた。彼女は一度しか試すことはできない。ロシア人はアラドの四六五馬力のエンジンがうなる音を聞くと、すぐさま状況を理解した。おそらくヒトラーが逃げるのだ！　彼らは数十人ずつ、燃えさかる廃墟をまるで悪魔のように急いで乗り越え、飛行機のほうに駆け寄った。しかし遅すぎた。飛行機はすでに地面から離れ、ほぼ垂直に上って短機関銃の射撃をよけた。建物の上のほうに行くと、また別の危険が生じた。ソ連の対空砲火の巨大な光が神経質に空を探っている。さらに金属の泡のような弾幕が、彼らの途方もない脱走を阻止しようとした。奇跡的に飛行機は多少の衝撃を受けただけで、被害を免れた。高度二万フィートまでくれば、もう弾は届かない。信じがたい武勲だ。しかしむなしいものだった。五〇分後の朝の二時ごろ、フォン・グライムとライチュはレヒリン空軍基地に到着した。総統が命じたとおり、新空軍総司令官は使える飛行機をすべてベルリンに向かわせた。しかし、もちろん戦争の流れを変えるにはあまりにも少ないだろう。

フォン・グライムはレヒリンにとどまってそれを確かめようとはしなかった。彼はふたつ目の使命を果たすことだけを考えていた。ヒムラーを捕えること。そのためにライチュとフォン・グライムはレヒリンから北西に三〇〇キロのプレーンにあるデーニッツ大提督の司令部へ飛んだ。ヒトラーに最後まで忠実なデーニッツは、ヒムラーの裏切りについて知らされていなかった。しかもデーニッツにはSSの指導者を捕らえるよりもほかにやるべきことがあり、それをフォン・グライムに説明した。グライムからすれば、完全な失敗であった。

最終的に、ヒムラーは五月二日に、プレーンにいたこの二人のヒトラーの特使の前に現れた。デーニッツが参加する軍事方針会議に出席するためにやってきたのである。会議に入る前のヒムラーをハンナがつかまえた。

――ちょっとよろしいですか。親衛隊全国指導者殿、何よりも重要なことです。

――もちろん、とヒムラーはほとんど陽気に返事をした。

――親衛隊全国指導者殿、あなたがヒトラーの命令を受けたわけでもないのに連合国と接触して和平の提案をしたというのは、本当なのですか？

――もちろんですとも。

――あなたはもっともつらいときに総統と国民を裏切ったのですか？　そうした行動は国家反逆罪です。親衛隊全国指導者殿、あなたは地下壕でヒトラーとともにいるべきときに、そんな行動をしたのですか？

――国家反逆罪ですと？　とんでもない。お分かりでしょう。そうでないことは歴史が判断してくれるはずです。ヒトラーは戦いを続けようとしていた。彼は自分の誇りと「名誉」に取り憑かれていたのです。彼はドイツ人の血をもっと流すことを望んでいましたが、そんなものはもはや残ってはいませんでした。ヒトラーは常軌を逸している。ずっと前からそれを止めるべきだったのです。

ライチュはアメリカの秘密情報機関に対して、自分はＳＳのトップにたてついたと語った。ふたりの会話はデーニッツの司令部が連合国の攻撃を受けるまで続いたという。

ヒムラーはそんな話をしたのだろうか。そうかもしれない。彼は何度かナチのほかの高官にもこうした話を繰り返していたからである。ヒトラーの破滅的な狂気に突然気づいたわけだが、ヒムラーはそれに打ち勝つことはできなかった。バイエルンのほうに逃げようとしていた一九四五年五月二二日、ヒムラーは連合国軍に追われて捕らえられた。彼は翌日シアン化物のアンプルを飲んで自殺した。彼がヒトラーに渡したのと同じものであった。

ベルリンに戻ろう。四月二九日、ヒトラーはヒムラーを排除するという命令が守られないとは思っていなかった。空軍のトップとハンナ・ライチュの無謀な脱出が成功したと知らされたからである。ついに状況が変わったしるしではないか。すべてが駄目になったわけではないのだ。

今や目の前で準備が行われているセレモニーに冷静に集中することができる。

ヒトラーがいつも軍事会議を開く小さな部屋の中で、数分前から兵士たちが熱心に動き回っていた。リンゲが監視する中で、椅子を出し、家具の配置を急いで変えている。ついに出発か？

廊下にはナチの制服を着た見知らぬ男。この人物はヴァルター・ヴァグナーといい、外から直接やってきた。いかめしい風貌のふたりの男が付き添っている。地下壕の居住者たちは尋ね合った。あの人は誰？　ヒ

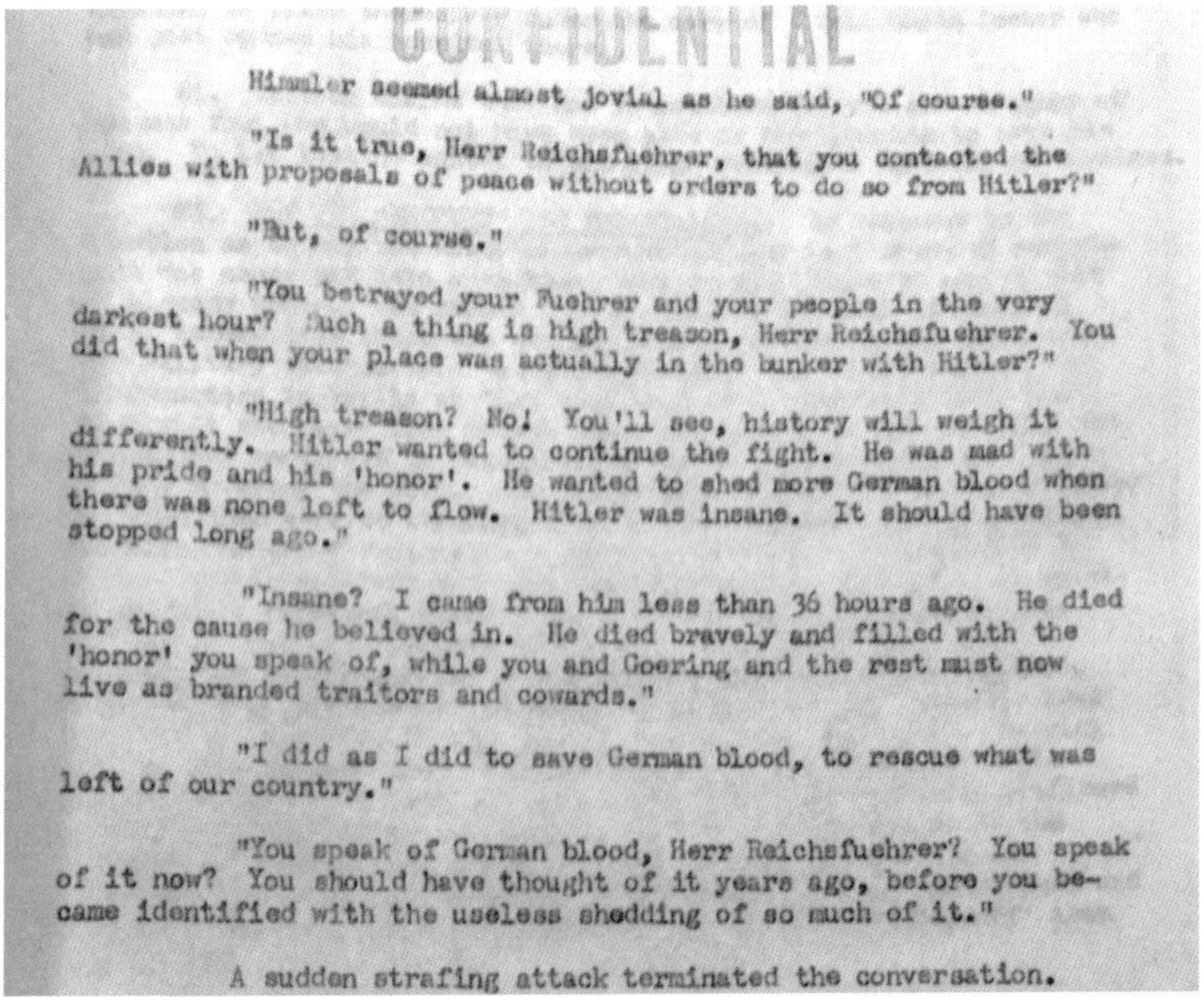

CONFIDENTIAL

Himmler seemed almost jovial as he said, "Of course."

"Is it true, Herr Reichsfuehrer, that you contacted the Allies with proposals of peace without orders to do so from Hitler?"

"But, of course."

"You betrayed your Fuehrer and your people in the very darkest hour? Such a thing is high treason, Herr Reichsfuehrer. You did that when your place was actually in the bunker with Hitler?"

"High treason? No! You'll see, history will weigh it differently. Hitler wanted to continue the fight. He was mad with his pride and his 'honor'. He wanted to shed more German blood when there was none left to flow. Hitler was insane. It should have been stopped long ago."

"Insane? I came from him less than 36 hours ago. He died for the cause he believed in. He died bravely and filled with the 'honor' you speak of, while you and Goering and the rest must now live as branded traitors and cowards."

"I did as I did to save German blood, to rescue what was left of our country."

"You speak of German blood, Herr Reichsfuehrer? You speak of it now? You should have thought of it years ago, before you became identified with the useless shedding of so much of it."

A sudden strafing attack terminated the conversation.

アメリカの秘密情報機関で行われたハンナ・ライチュの取調の供述書の写し（GARF公文書館）。

ムラーの裏切りと関係があるのか？　ローフス・ミシュ曹長は仲間に聞いた。

「あれは戸籍係の役人だと、彼は言葉少なに言った。私は目を見開いて彼を見た。

『そう、戸籍係の役人だ。なぜならヒトラーは結婚するんだ！』」★1
エヴァ・ブラウンは大喜びだ。彼女は数日前から愛人に結婚してほしいと頼み込んでいた。愛する人の名を正式に名乗らずに死んでしまうなんて、考えただけでも我慢できなかった。一九二九年にミュンヘンで出会った男。当時彼女はまだ一七歳で、ヒトラーに心酔するカメラマン、ハインリヒ・ホフマンのアトリエで働いていた。すぐさまふたりは親しくなった。彼女は彼に結婚の話をした。彼のほうは、それはできない、自分はすでに結婚しているのだと答えた。相手はドイツである。しかし今や、ドイツは彼を満足させてくれない。自分の愛に値しないパートナーなのだからと、ヒトラーは誓いを破る決意をした。だからエヴァ・ブラウンと結婚するのも自由なのだ。

結婚の証人選びは状況的にも限られており、ヨーゼフ・ゲッベルスとマルティン・ボルマンとなった。女性の証人はいない。エヴァ・ブラウンに発言権はなく、大嫌いな男ではあったが、ボルマンの存在を仕方なく受け入れた。ふたりは何年も前からヒトラーの愛情を奪い合い、互いにヒトラーに及ぼしうる影響力をねたみ合っていた。ボルマンはヒトラーの多くの側近と同様、この若い女を厳しい目で見ていた。彼女は深みが欠けており、あまりに軽薄で、政治よりもマニキュアの色のほうを気にするような女だというのである。ハンナ・ライチュはおそらく密かにヒトラーに恋していたためだろう、エヴァのことをエゴイストで幼稚な半分間抜けとまで言っている。

午前一時ごろ、未来の夫婦はレセプションルームに入った。ヒトラーは何日も日の光を浴びていない人にみられる蠟のような顔色をしていた。いつもと同じジャケットを着ていたが、ベッドで何時間も寝そべっていたためしわくちゃになっていた。唯一普段と違うのは、黄金ナチ党員バッジ、一級鉄十字章、第一次大戦の戦傷章をつけていることであった。エヴァ・ブラウンは濃いブルーの絹の美しいドレスを着て、微笑んでいた。ドレスの上にはふんわりした銀色の毛皮のケープを羽織っている。結婚するふたりは手を取り合い、ヴァグナーの前に立った。ヴァグナーは恐れで震えていた。彼はドイツの指導者の前にいることがいまだに信じられなかった。この役人は弱々しい声で、第三帝国における結婚の義務に関する基本的な二ページを読み始めた。その義務を挙げていくにつれて、ヴァルター・ヴァグナーはそれが決して果たされるものではないことを認識した。ナチ体制が定めた規則を忠実に守るよう教育され操られてきた彼は、どうすればよいか分からなかった。結婚に必要な多くの公式書類が揃っていない。例えば前科がないことを証明する記録（ヒトラーは一九二三年の軍事クーデター失敗後禁固五年の刑を受けていたため、これを使うことはできなかっただろう）、公序良俗に関する警察証明書、あるいは結婚当事者の第三帝国に対する政治的忠誠の誓約書などである。役人にとっては実に困ったことだ。しかし総統は待ってはいられない。結局ヴァグナーは例外とすることを決め、戦時という異例な状況のため夫婦は通常の義務や期日を免れると、結婚証書上ではっきりと定めた。そして本人の誓いのみに基づいて、ふたりが純粋なアーリア人の血を引くこと、そして遺伝病を有していないことを有効と認めた。

続いて重要な質問だ。ヴァグナーは咳払いをしてから始めた。

「証人の前でお尋ねします。アドルフ・ヒトラー総統、あなたはエヴァ・ブラウンさんとの結婚を望みますか？　そうであるならば、『はい』と答えてください」

儀式は一〇分しかかからなかった。ふたりが結婚の意思表示をし、公式書類に署名し、祝福し合っただけだからである。エヴァはもうブラウンではなくヒトラーだ。新婦は感動のあまり、戸籍資料への署名を書き間違えた。ブラウンのBを大文字で書き始めて、書き直したのである。Bはきれいに訂正できなかったが、ヒトラーのHに書き換えられた。

続く祝宴は数分程度のものであった。まだ地下壕にいた数人の有力者を招く場所として、総統の寝室が選ばれた。疲れ切った将官たち、元気のないナチの役人、神経発作を起こしかねない三人の女性、すなわちマクダ・ゲッベルスとヒトラーのふたりの専属秘書。全員が紅茶とシャンパンまで飲むことができた。ただ若いほうの秘書トラウデル・ユンゲ（まだ二五歳）だけは、このめずらしくくつろいだ時間を楽しむことはできなかった。彼女は新夫婦にお祝いを述べるやいなや、不安な様子で姿を消した。

「総統は私が書き写したものを早く見たがっていた」と彼女は回想録の中で証言する。「総統は私の部屋に戻り、私がどこまで進んだかを見た。何も言わなかったが、私の速記ノートのまだタイプが終わっていない残りの部分を心配そうな目で見ていた」

トラウデル・ユンゲは、ヒトラーが結婚式の直前に口述したものを清書している最中であった。それは彼の遺書である。もっと正確に言えば、複数の遺書である。ひとつは個人的なもので、もっと長いふたつ目は政治的なものである。個人的遺書では、ヒトラーはまずエヴァ・ブラウンとの突然の結婚を正当化することから始めた。何年も前からひとりの女性と夫婦のように暮らしていた男ならばかなり当たり前の行為も、彼からすると説明する必要があったようだ。

「私は自分のこの世での生涯が終わる前に、若い女性を妻として迎える決意をした。何年間も忠実な友であった彼女は、私と運命を共にするために事実上包囲された町に自ら進んで入ってきた」

高潔な行為だが、代償はある。死だ！　次のパラグラフでヒトラーは、妻は墓場まで自分についてくるだろうと述べている。この機会に、ヒトラーは、はっきりとした言葉は使っていないものの、自殺について言及している。

「妻も私自身も罷免や降伏という汚名を避けるために、死を選ぶ。われわれの願いは、国民のために日々働いた一二年間のうちの大部分を過ごしたその場所で、灰になることである」

エヴァ・ブラウンはこの件に直接関係しているものの、遺言作成にはかかわっていない。せめて夫から贈られる「結婚祝い」を知ってはいたのだろうか？

トラウデル・ユンゲはノートを読み直した。彼女は自分の仕事が歴史的次元のものであり、間違いは許されないことを認識していた。三〇分前にヒトラーから地下壕のいわゆる「会議」室についてくるよう言われたときには、新たな軍事命令を書き写すのだろうと思っていた。いつものように彼女はタイプライターの前に座ろうとした。ヒトラーが無理なく読めるように大きな文字が打てる、特別製のものである。「用紙に直接速記で書き留めなさい」と、ヒトラーはいつもの習慣を破る要求をした。そして一瞬考えてから始めた。

「これは私の政治的遺書である……」

戦後トラウデル・ユンゲはマスコミや回想録の中で、あるいは連合国に対して、この文章に自分は失望したと言い続けた。彼女はナチズムが引き起こしたあらゆる苦しみに意味を与えられるような結末を強く望んでいたのである。一九二四年に『わが闘争』を書いて以降計画された惨事の血まみれの狂気を、知性的に容認できるものにすることを。しかし彼女が聞いたのはそうではなく、あまりによく知っているいつものナチの饒舌な言葉、相も変わらぬ第三帝国の言語の特別な決まり文句であった。ドイツユダヤ人の知識人で文献学者のヴィクトール・クレムペラーは、このナチの言語を理論づけして、LTI（Lingua Terii Imperii、第三帝国の言語）と名づけた。この自己表現の新たな方法は、クレムペラーによれば第三帝国の一二年間のあいだに普及し一般化した。ドイツにとどまったクレムペラーは身を隠し、死の収容所をかろうじて免れた。彼がLTIに関する著書を発行できたのは、ヒトラー体制が倒れたあとの一九四七年である。彼によれば、LTIは完全に確立された掟を尊重するものである。その目的は、体制が今後何世紀にもわたって生み出そうとしている新たな人間に適合することにある。LTIは敵を恐れさせるために、また民衆を鼓舞するためにつくられた。言葉は行動、意欲、力を掻き立てる。言葉は太鼓の連打音のように繰り返され、大げさに、攻撃的に鳴り響く。言葉は最悪な残虐行為を平凡な行為にすることができる。例えば、人を殺すのではなく「粛清する」。強制収容所では生きた人間ではなく、「個《ユニット》」で数えるものを排除する。ユダヤ人の大虐殺は、まさに「最終的解決」になるのである。

ヒトラーの政治的遺書は、それだけでもこの言語の最高の例のひとつである。総統はまず自らを犠牲者として紹介することから始め、次にすぐに永遠の敵、ユダヤ人を批判した。

私あるいはドイツの誰かが一九三九年の戦争を望んだというのは間違いである。それを望み起こしたのはただ国際的な政治家たち、すなわちユダヤ出身者、あるいはユダヤ人の利益のために働いていた人々である。[…]何世紀経っても、われわれの町や記念建造物の廃墟からは、その責任者たちへの憎悪が蘇り続けるであろう。われわれがこうしたすべてのことに関して礼を言うべきその責任者とは、国際的ユダヤ人とその手下である。

トラウデル・ユンゲはノートから総統のスタイルを最大限忠実に再現しようと努力した。上司の興奮したまなざしの下、彼女はできるだけ速くタイプを打ち続けた。次のくだりは、体制が数百万人のユダヤ人に定めた運命について、決して明言せずに語ったものである。

ヨーロッパの人々が経済・財政資金の国際的陰謀家の手の中で単なる大量の株式として一度ならず扱われたのであれば、大量虐殺の唯一の責任は真の罪人、すなわちユダヤ人が取らねばならないということについて、私はなんぴとにも疑念を残さなかった。同じく、今度はアーリア人を祖先に持つヨーロッパの数百万人の子どもが餓死し、数百万人の人々が戦いで死に、数十万人の女性や子どもがわれわれの町で焼け死んだり爆撃を受けて死んだりするのであれば、真の罪人が、もっと人道的にであれその罪をつぐなうべきであるということについても、疑念を残してはいない。

自らの攻撃的な政策によって戦いを引き起こし掻き立て、破滅的な結末をもたらしたにもかかわらず、ヒトラーは何も後悔していない。

あらゆる失敗はあったにせよ、国家存続のための最も英雄的な栄えある戦いとしていつか歴史に残るであろう六年間の戦争のあとも、私は第三帝国の首都たるこの町を見捨てることはできない。敵の攻撃に抵抗するには兵力が乏しいこと、またわれわれの抵抗が分別も気骨もない輩に弱められたことを考えると、私は同じくこの町にとどまることを受け入れた数百万の人々と運命を共にしたい。さらに私は敵の手に落ちたくはない。彼らは興奮した大衆の気晴らしのためにユダヤ人が紹介する、新たな見世物を必要としているのだ。

　だから私はベルリンにとどまる決意をし、総統と首相の地位自体をもはや維持できないと判断したときには、ここで自ら死を選ぶ。


　遺書の第二部では、ヒトラーは自らが公然と侮辱したヒムラーとゲーリングの追放に関する決意を正式に確認した。

「ゲーリングとヒムラーは、私に対する裏切りは言わずもがな、私の知らない間に、私の意思に反して敵とひそかに交渉することによって、また不法に国家の支配権を握ろうとしたことによって、国家全体を取り返しがつかないほど侮辱した」

　それから彼は自分の後継者たる第三帝国のトップにデーニッツ大提督を指名した。デーニッツは総統の称号は受けないが、第三帝国の大統領となる。ゲッベルスは首相である。全体としては、十数の大臣職と陸海空軍の司令官職が最後まで忠実だった人々に分け与えられた。これほど仮想的なポストがあるほど、国家とナチという大型兵器は内部爆発寸前だったのである。

ヒトラーは最後を助言で終えている。

「何よりも私は国家の指導者とその臣民に、人種法を厳密に順守し、あらゆる民族を毒する者、すなわち国際的ユダヤ人に容赦なく抵抗するよう勧告する」

ユンゲが終わろうとしたとき、見るからに動揺したゲッベルスが割り込んできた。彼は自分が首相に任命されたことを聞いたばかりだったが、断固これを拒否した。なぜならそれはヒトラーよりも生き延びなければならないということだからである。それはできない。秘書の務めをいっそう複雑にする恐れはあるが、このプロパガンダの責任者は自分もただちに遺言を書き取らせることにした。「私の人生は総統が死んだらいかなる意味もない」と彼は目に涙をためて嘆いた。

「タイプを打ってください、ユンゲさん。私が口述することを打ってください」

そのスタイルもまた典型的なナチ・スタイルであった。言いたかったのはヒトラーへの忠誠心と、ドイツの国家社会主義が崩れたら生き延びないという決意であった。彼は死にたいという願いに家族中を巻き込んでいった。「ボルマン、ゲッベルス、そして総統自身も、私が仕事を終えたかどうかを確認するためにたびたびやって来た」とユンゲは語る。

「終わると彼らはタイプライターから最後の紙をほとんどもぎ取り、会議室に戻って三部に署名した……」★2

朝の四時、ゲッベルス、ボルマン、ブルクドルフ大将、クレープス大将が証人としてヒトラーの政治的遺書に署名した。これらは三人の使者に手渡された。それぞれが貴重な資料をベルリンの外部に運ぶという重く危険な使命を託された。一部は国の北部にいるデーニッツ大提督、一部は当時チェコ方面を防衛していたシェルナー元帥(中央軍集団司令官)、最後の一部はミュンヘンのナチ党司令部に宛てたものであった。

ヒトラーは疲れ果て、眠ろうとした。しかし休息は長くは続かなかった。

地下壕に対するソ連軍の新たな攻撃で、ヒトラーは朝の六時にはっと目を覚ました。周囲では叫び声が響き、官邸はすでに包囲されたと思い込んだ者もいた。地下壕の非常扉は軽機関銃による射撃を浴びているのだろう。この扉は長い間持つだろうか？　ヒトラーはいつもポケットに入れているシアン化物のアンプルを見つめた。そしてひとつの疑いにとらわれた。これを彼に渡したのはヒムラーではないか？　もしこれが罠だったら？　死に至る毒ではなく、強力な睡眠薬にするだけで十分だろう。そうであれば、彼は生きたまま敵に捕らえられるかもしれない。疑念を晴らすために、これを誰かに試したい。でも、誰に？
忠実な愛犬ブロンディに。ヒトラーが愛してやまないこのジャーマン・シェパードに。この犬に毒を飲ませるために、官邸の犬取扱官が駆り出された。犬はもがいた。犬の口を開き、アンプルをやっとこで砕くために、彼らは数人がかりで仕事にかかった。ブロンディはまもなく痙攣し始め、何分か激しく苦しんだあと、飼い主の目の前で息絶えた。ヒトラーは一言も言わずに愛犬を見ていた。彼は安心した。これは間違いなくシアン化物だ。

地下壕の居住者たちは、迫りくる死を逃げようともせずに待つほどの覚悟は持てずにいた。しかしその前にヒトラーの許可が必要だ。それがないとゲシュタポの弾丸を頭に受けて、確実に死ぬことになる。数人の若い士官は総統から出発の承諾を得た。「もし外でヴェンクに会ったら、急ぐよう言ってくれ。そうでないと、われわれは負けてしまう」とヒトラーは彼らに頼んだ。空軍大佐のニコラウス・フォン・ベロウもまたチャンスを試す決意をした。彼は四月二九日から三〇日にかけての夜に地下壕を出て、西に向かった。彼は二通の手紙を託された。一通はヒトラーからカイテル元帥宛て、もう一通はクレープス大将からヨードル大将宛てである。前日のハンナ・ライチュと同じように、ベロウも官邸を離れるやいなや、二通の手紙を焼いた。それが敵の手に落ちることを恐れてのことだと、彼は主張する。しかしもっと確かなのは、ロシア人に捕まった場合に身元を隠しやすいからということだろう。結局のちの一九四六年一月七日に彼を捕らえるのは、イギリス人であった。いずれにせよ戦争に負け、彼はイギリスの軍人の前で尋問を受ける。その手紙はどれほど重要だっただろう！　燃やす前に、フォン・ベロウはそれでも念のために手紙を読んでおいた。だから彼が一九四六年三月にベルリンのイギリス秘密情報部（軍情報部）にその内容を伝えたのは、記憶を頼りにしてであった。ベロウによれば、ヒトラーはカイテル元帥に宛ててこう書いていた。

「ベルリンの戦いは終わりに近づいている。ほかの戦線もまもなく終わる。私は降伏するよりも自殺するつもりだ。私は自分の後継者としてデーニッツ大提督を指名し、第三帝国大統領とドイツ軍最高司令官に任じた。私は貴下に職務にとどまり、わが後継者に対しても私に見せたのと同様の熱意をもって支えてくれるよう期待する。［…］この戦争におけるドイツ国民の努力と犠牲は非常に大きく、私はそれが無駄であったとは思えない。ドイツ国民のために東部の領土を獲得するという最終目的は残っている」

ヒトラーは自殺の決意を明確に示している。ベロウに関する報告書に署名したイギリスの士官が正しくも指摘したように、ヒトラーがこの言葉をたしかに書いたという証拠は何もない。しかし、「それはほかの情報源から得られた証拠と一致している」。

四月二九日の夜はフォン・ベロウにとっては精神的につらかった総統地下壕での数週間の終わりを記すときであったが、ヒトラーにとって悪夢は続いていた。彼は歴史が自分に定めた運命のプレビューのような、やりきれないような知らせを真夜中に受けた。忠実な同盟者であり当初大きな影響を受けたベニート・ムッソリーニが死んだというのである。ムッソリーニは前夜ドイツ兵に変装してイタリア北部から逃げようとしたところ、イタリアのパルチザンに捕まり処刑されたという。ヒトラーを凍り付かせたのは同盟者の死よりも、むしろふたりの運命の類似性であった。イタリアの独裁者は形ばかりの裁判のあと、愛人クララ・ペタッチとともにまるで犬のように撃ち殺された。そして遺体はミラノのロレート広場に逆さづりにして晒された。群衆は荒れ狂い、遺体を乱暴に痛めつけた。この集団ヒステリーのような光景を止めたのは、イタリアを解放した連合国軍兵士であった。ムッソリーニはその夜ミラノの墓地にひそかに埋葬されたらしい。

ヒトラーは恐れおののいた。そのような辱めを受けるなどあり得ない。彼はパイロットのハンス・バウアにこう打ち明けた。

「ロシア人は私を生きたまま捕らえるためには何でもするだろう。やつらは私の自殺を妨げるために睡眠ガスを使うこともできる。やつらの目的は、縁日の動物のように、戦利品のように、私を晒し者にすることだ。そして私はムッソリーニと同じように終わるのだろう」

★1——Rochus Misch, J'étais garde du corps d'Hitler (1940-1945), op. cit., p. 207.
★2——Traudl Junge, Dans la tanière du loup…, op. cit., p. 253-254.

一九四五年四月三〇日

「君の飛行機はどこだ?」

——ヒトラーが専属パイロットのハンス・バウアに

「ヴェンクは? 彼はどこにいる?」

夜中の一時になってもふたつの地下壕内では相変わらず同じ質問だ。ヒトラーはいらいらしている。ヴェンクの攻撃でいつ彼は解放されるのか? ヒトラーはもう長くは持ちこたえられないだろう。数週間前からもはや夜は眠れず、眠りを求めて廊下をぶらついて過ごしていた。しかも自然の光から一切離れて地下で生活しているため、夜と昼の概念が実態を伴わないものになっていた。地下壕の湿った空気で皮膚や呼吸器もやられた。精神を乱し、最も堅固なものもこれほどもろくさせてしまうのも、またその空気だろうか？　それともこの行き場を失った第三帝国の人々には絶対的な地獄が約束されているという確信だろうか？

外部との接触がめったにないことで、可能なことの範囲がさらに少し狭まった。自分が生き残れるのかと心配する怯えた目をした埃まみれの兵士たちが、定期的に報告に来た。戦いは負けだと、要するに彼らは言った。ソ連軍は通るところ全てを破壊している。彼らは帝国議会の建物に向かって進み、いまや新官邸までほんの三〇〇メートルのところまで来ている。射程距離ということだ。

二時ごろ、誰もが待っていた返事がようやく電報で来た。ヴェンク軍は勇敢に戦い続けているがベルリンまでは到達できず、ましてやヒトラーを救うことなどできないだろう。

つまり終わりだ。

「われわれはいつまで持ちこたえられるだろうか？」

総統の問いかけはもはやドイツ全体に関するものではなく、ベルリンでさえなく、ただ総統地下壕のことであった。陥落まであと何日、何時間なのか？　ヒトラーの前にいた士官は直立不動の姿勢で、何のためらいもなく答えた。

「最大でも二日です」

今は二時三〇分。まだ新官邸地区内にいた主に召使いの女性たち全員が食堂に集められた。一〇人ほどの女性が背筋を伸ばしている。こんな真夜中に起こされた理由は誰にも分からない。その部屋に突然ヒトラーが入ってきた。続いてボルマンが来る。この光景については、目撃証言を基にイギリスの秘密情報機関が作成した一九四五年一一月一日付の報告書の中に詳しく記されている。ヒトラーはまるで薬か麻薬を飲んだかのような放心状態で、生気のない目をしていた。彼はひとりずつと手を握って挨拶し、かろうじて聞き取れる程度の声で裏切り者ヒムラーや事態の深刻さ、とくにこの地帯を明け渡す決意について伝えた。彼はこうして自分への忠誠の誓いから彼女たちを解放した。唯一助言したのは、西のほうへ逃げろということだけであった。東はソ連軍が完全に支配しているからである。敵の手に落ちたら、強姦され兵士の慰安婦として終わるのは確実だと、ヒトラーは言った。彼は話し終わると、ボルマンとともにいきなり部屋から出ていった。女性たちだけが残された。彼女たちはしばし茫然とした。総統は彼女たちを悲しい運命へと見捨てたのである。

今度は将官や内輪の人々が同じ指示を受ける番だった。その間エヴァ・ヒトラーは狭い寝室で荷物を整理した。彼女はトラウデル・ユンゲを呼びよせた。ユンゲはエヴァも遺言を書き取らせるのだろうと思って、手帳を手にしていた。しかし、そうではなかった。ドレスや毛皮のコートでいっぱいの衣装ダンスに夢中な彼女は、若き秘書に近づくよう合図した。「ユンゲさん、私はあなたにさよならの贈り物としてこのコートをあげたいの」とエヴァは言った。

「私はおしゃれな服装をした女性に囲まれているのが大好きだったわ。今からこれはあなたのものよ。楽しんで着てね」★1

狐の毛皮の銀色のケープは、エヴァが結婚式のときに着けたものに違いなかった。

朝八時、ついに政府区域を明け渡せという命令が正式に出た。ヒトラーがボルマンに伝えたのである。すぐさま小グループができあがり、それぞれがチャンスを試そうとした。南西を選ぶグループもあれば、北を目指すグループもあった。ソ連軍が首都に警備網を敷いても無駄である。彼らはベルリンを知らないし、ましてや地下の運河網や複雑な地下鉄網はなおさらだ。逃亡できる可能性はまだある。パイロットのハンス・バウアは嬉しくてたまらなかった。ついに自分は何かの役に立つことができる。彼は急いでヒトラーのもとへ行き、自分は総統をベルリンから脱出させることができると宣言した。首都のどこに行けば飛行機が見つかるかは知っている。バウアはあらゆることを考えていた。次にはヒトラーをここから遠いところに避難させよう。まだ友好国はいくつか残っている。日本やアルゼンチン、スペイン……。

「そうでなければ、アラブの長老のところです。彼らはいつもユダヤ人に対する総統の態度について、友情を感じていたのですから[★2]」

興奮するパイロットに感謝の意を伝えるために、ヒトラーは執務室に目立つように掲げていた大きな絵を贈った。それは有名なプロイセン王フリードリヒ大王を描いたもので、典型的ないわゆる啓蒙専制君主を具象化したものであった。ヒトラーにとって政治的にも軍事的にもお手本のような存在である。バウアは喜びでいっぱいだ。地下壕の多くの人々は、その絵はレンブラント作の評価できないほど価値のあるものだと思っていた。しかしハインツ・リンゲによれば、その絵は実際はドイツの画家アドルフ・フォン・メンツェルの作品であった。一九〇五年に没した、ドイツではとても人気のある画家である。「一九三四年に三万四〇〇〇マルクしたものだ」とヒトラーは会計係のように正確に付け加えた。この金額は現在では四〇万ユーロ近くに相当する。

「これは君のものだ」

そして声を潜めて、ヒトラーは付け加えた。

「君の飛行機はどこだ?」
ヒトラーの専属従者ハインツ・リンゲも精力的に動いた。明け方にリンゲは上司から、「決定的瞬間」はすでに来ていると打ち明けられていた。ヒトラーは彼に西のほうに逃げるよう助言し、英米に降伏することさえ勧めた。ヒトラーはフリードリヒ大王の肖像画についての決意も、リンゲに伝えている。こんな大混乱のときでも自分の意思が尊重されることを、ヒトラーは絶対的に望んだのである。この絵は強迫観念にまでなっており、ヒトラーは地下壕が陥落したあとに略奪されないようにしてほしいと言った。リンゲは自分がその任務を果たすと約束した。

ほっとしたヒトラーは数時間休むために寝室に入った。服のまま横になり、SSの護衛隊員にドアの前に立っているよう命じた。

一三時ごろヒトラーは寝室を出て、エヴァとふたりの秘書、栄養士と一緒に昼食をとった。すでに数日前から、ヒトラーは男性と食事をともにすることを拒んでいた。小さなテーブルを囲んだ女性たちは、全員毅然とした態度を保とうとした。しかし会話はうまく回らない。誰も昨日までのように陽気にふるまう気にはなれなかった。

食事が終わると、エヴァ・ヒトラーが最初にテーブルを離れた。ふたりの秘書もタバコを吸うために席を立った。そのふたりのもとに、いかめしい総統副官ギュンシェがやって来て、総統が別れの挨拶をしたいとお望みだと告げた。ふたりの若い女性が吸い殻をつぶして、大柄なSS士官――ギュンシェは身長一九三センチ――についていくと、数人が集まっていた。最後の忠誠者たちが廊下で待っていたのである。マルティン・ボルマン、ゲッベルス夫妻、ブルクドルフ大将、クレープス大将、そしてリンゲ。一五時近く、控室のドアが開いた。ヒトラーがゆっくりと出てきて、彼らのほうに近づいた。そして同じ儀式が繰り返された。やわらかく温かい彼の手が、差し出される手を握る。ヒトラーは一言二言囁いて、すぐに立ち去った。エヴァ・ヒトラーはかつてないほど生き生きとしていた。セットしたての髪が明るく輝いている。彼女は夫がとくに好きな服に着替えていた。襟元がバラのプリントで縁取られた黒いワンピース。エヴァは秘書たちに最後の抱擁をし、できるだけ早くここから出るように言うと、ヒトラーのもとへ行った。リンゲはドアを閉め、総統の居室の前に立った。いまやそれぞれが自らの運命を自由にできる。

★1――Traudl Junge, Dans la tanière du loup…, op. cit., p. 255.
★2――Hans Baur, I was Hitler's Pilot, op. cit., p. 188.

一九四五年五月一日

「総統は逝去された。総統は最期までドイツのためにボリシェヴィズムと戦った」

――デーニッツ大提督のハンブルクラジオでの発表

ヒトラーはどこだ？　真夜中、ベルリンの街路では軽機関銃の連射のようにこの言葉があちこちで聞こえた。ソ連兵たちは「Wo ist Hitler《ヴォー・イスト・ヒトラー》」というドイツ語を暗記してしまった。ヒトラーはどこだ？　赤軍の参謀部にとって、これはほとんど死活問題である。ベルリン攻撃を指揮するソ連のジューコフ元帥とコーネフ元帥はスターリンからふたつの使命を受けていた。英米軍が来る前にベルリンを征服し、ヒトラーを捕まえること。ジューコフにとってもコーネフにとっても、クレムリンの主を落胆させることなど考えられないことであった。

ヒトラーが新官邸のそばに隠れていることは、ふたりともすぐに分かった。官邸地区周辺を防衛するナチの熱気が大きな手がかりだ。それに加えて、捕虜になった市民や兵士の証言もあった。彼らはこう言っていた。

「ヒトラーは最期までベルリンにとどまると宣言していた。彼は地下壕にとじこもっているに違いない」

今こそヒトラーを捕まえないわけにはいかない。ドイツ権力のシンボルは次々に落ちていた。昨晩の二二時ごろには国会議事堂が占拠された。廃墟となったそのドームに、いまやソ連の旗がはためいている。地上では残酷きわまりない戦いが続いていた。二週間のベルリン戦で、少なくとも二万人の市民と二〇万人の両軍兵士がすでに死んでいた。午前一時、政府の建物までのあと数メートルは、数百人の兵士の血と引き替えに奪われた。最後の親衛隊部隊が、煙を上げる新官邸の廃墟を狂ったように防衛している。

突然、魔法のように沈黙が訪れた。銃声も叫び声もやんだ。地区全体が現実とは思えない静けさに沈んだ。ドイツ軍の制服を着たふたりの男が、焦げた石と形を成さない残骸の上を手探りで前に進んだ。ここはベルリンの中で最も美しい通りのひとつだったところである。ハンス・クレープス歩兵大将はロシア語がかなり堪能だ。彼が命を賭けてベルリン戦の中でも最悪な地帯の中心部に入らなければならなかったのは、この語学力と陸軍のトップという地位があったからである。総統地下壕で受け取った命令は明確であった。ソ連との交渉を試みよ。彼の傍らにはひとりの士官、フォン・ドゥフフィング大佐がいた。クレープスを補佐し、必要であれば守る任を負っていた。たしかに数時間前、抗戦する二国間で彼らの自由通行を認める協定が結ばれていたが、ロシア人はそれを守るだろうか？

ふたりのドイツ士官はすぐさまいちばん近いチュイコフ大将率いる赤軍第八軍の司令官室につれていかれた。チュイコフは庶民階層の出身で、不屈で敵に一歩も譲らない。ロシア農民の息子で、態度も田舎風な巨漢である。ハンス・クレープスのほうはドイツのエリート軍人を体現するような人物で、丁寧に髭を剃り、いちばんきれいな軍服に鉄十字章を目立つようにつけ、きちんとした長い革の上着を着ていた。粋のきわみで左目に片眼鏡までかけている。ふたりの男はほぼ同年齢で、チュイコフは四五歳、クレープスは四七歳であった。とはいえすべてが異なっていた。チュイコフはもじゃもじゃの黒髪で、額の深いしわには荒々しい傷も混ざっている。眉毛は太く厳しげで、鼻はつぶれ、皮膚は強いアルコールのせいで厚く張りがない。しかも歯はすべて銀歯という信じがたいものである。しかめ面のようなその笑い顔は、なおさら威嚇的にみえた。クレープスはこの敵が発する動物的な力強さを前にして、こわばっていた。この交渉のときにソ連が撮った写真で、クレープスの苦悩が見てとれる。クレープスは最初の過ちを犯した。彼は直立不動の姿勢で、最高に立派な軍隊式敬礼をした。彼は目の前にいるのはジューコフ元帥だと思い込んでいたのである。チュイコフはこの思い違いを面白がり、満足げにソ連の士官のほうを振り返った。クレープスはロシア人たちが目の前で交わしている言葉をいくらか理解した。とくにチュイコフが雷のような大きな声で言ったときだ。

「全部片をつけないといけないな！」

いいことはひとつも予想できない言葉であった。

最終的にチュイコフはジューコフに電話をかけて言った。

「私個人としては、もったいぶるつもりはありません。無条件降伏、それだけですね」

電話の最中に居合わせたソ連兵たちの態度を見て、ふたりのドイツ人は不安になった。ソ連兵の憎悪は明らかだ。クレープスはある大佐から乱暴な扱いまで受けた。その大佐は彼が腰につけていたピストルをもぎ取ろうとしたのである。ほかの士官たちが数人がかりで大佐をなだめようとしなければならなかった。ジューコフのほうは、連合国が不在では交渉は一切検討できないと断言した。

そこでクレープスは残していた最後の切り札を使った。彼はフォン・ドュフフィングのかばんから書類を差し出した。「ソヴィエト臣民の指導者」に宛てたゲッベルスの手紙である。そこにはヒトラーが前日死に、デーニッツ、ボルマン、ゲッベルスが後を継いだと書かれていた。

ヒトラーが死んだ！　ロシア人たちが期待もしていなかったことである。ジューコフは即座にこのニュースを知った。あまりにも重大すぎる情報であるため、彼は直ちにスターリンに電話することを決めた。モスクワ時間で朝の四時、ソ連の独裁者は眠っている。「彼を起こしてくれ。緊急だ。朝まで待っていられない」[★1]と、ジューコフは当直の兵士に叫んだ。自殺の知らせにスターリンはいらだった。
「やりやがったな、あの下司野郎め。あいつを生きたまま捕らえられなかったのは残念だ。死体はどこだ？」[★2]
その間の一五時一八分、緊急無線電報がプレーンにあるデーニッツ大提督の参謀部に届いた。ゲッベルスとボルマンの署名入りであった。

デーニッツ大提督殿（私信かつ内密）

必ず士官から伝達のこと。

総統は昨日一五時三〇分に逝去した。四月二九日の遺言書の中で、総統は貴殿に第三帝国大統領の座をゆだね、帝国大臣ゲッベルスを第三帝国首相に、全国指導者ボルマンを党担当大臣に、帝国大臣ザイス・インクヴァルトを外務大臣に任命した。総統の命令により遺書の一通は貴殿に送られた。もう一通はシェルナー元帥に渡され、もう一通はベルリンの外の安全なところに置かれる。全国指導者ボルマンが本日貴殿のところに行き、状況を伝える予定である。この知らせを軍と世論に知らせる方法と日時は、貴殿の判断にまかせる。

本メッセージの受領を確認のこと。

署名　ゲッベルス、ボルマン★3

数時間後の一九時ごろ、ハンブルクラジオは番組を中断してワグナーの「神々の黄昏」の一部を流した。次いで声明が何度か読まれた。それは、ヒトラーはベルリンで軍により力づけられているというものであった。その二時間後、聴取者に対して厳粛な発表があるという暗い声のアナウンスがあった。葬礼の音楽をバックに、デーニッツの声が響いた。

「ドイツ国民、ドイツ軍兵士よ、われらが総統アドルフ・ヒトラーは斃れられた。ドイツ国民は哀悼と畏敬の念をもって黙禱する」

夕方のベルリン、総統地下壕内。クレープス大将が戻った。ソ連軍は停戦の申し出を断固として拒否した。彼らは無条件降伏を要求した。とくにヒトラーが逃げたのではなくたしかに死んだことを証明する、ヒトラーの死体を欲しがった。

★1——Elena Rjevskaïa, Carnets…, op. cit., p. 227.

★2——Joukov (maréchal), Mémoires, vol. 2, De Stalingrad à Berlin (1942-1946), trad. par Serge Oblensky, Paris, Fayard, 1970, p. 323.

★3——Karl Donitz, Memoirs, Ten Years and Twenty Days, Barnsley, Frontline Books, 2012, p. 452.

一九四五年五月二日

「ヒトラー逃亡！」

——ソ連のタス通信

ソ連の通信会社、タス通信の速報に基づく五月二日付『プラウダ』紙。

昨夜遅く、ドイツのラジオは「総統司令部」なるところから、ヒトラーが五月一日午後に死んだという声明を発表した。［…］このドイツのラジオニュースは、おそらくファシストの新たな策術にすぎないだろう。ヒトラー死亡のニュースを伝えることで、ドイツ・ファシストはヒトラーが舞台から去り潜行生活に入る可能性を残すことを期待したのである。

第二部

調査II

二〇一六年一二月、モスクワ

赤の広場が近いことが雰囲気からもわかる。ロシアの大衆芸術を称えているような四角い小屋が立ち並び、その周りを花飾りでいっぱいのクリスマスの飾り付けが囲んでいる。絶え間ない人混みの中で、明るい色のパーカーを着たモスクワっ子たちが露店の間をうろうろ歩いていいる。彼らは笑いながら、歩行者専用の長いニコリスカヤ通りをクレムリン宮殿を囲むえんじ色の壁のほうへと急ぐ。ひどく寒がりな人や着込んでいない人のためには、モスクワの歴史的なショッピングセンターがある。グム百貨店の荘厳な入口を入れば暖かいオアシスだ。レーニン廟の正面にある石とガラスの大型船のようなこの百貨店に気づかないはずはない。このブルジョワジーの大量消費の殿堂は、ロシア革命の主レーニンの陰気な大理石の棺に興味はない。老レーニンをあざ笑うかのように、グムは年末を祝うためにいくつもの光で飾られ、西洋の有名ブランドがあふれる夢のようなショーウインドウをひけらかす。何人かの外国人旅行者はロシアの帽子の暖かさを試して幸せいっぱい、凍てつく風をものともしない。自分が寒さに強いことに驚いているような彼らは、不安定な伸縮式の棒の端につけた携帯電話で自撮りしている。もうすぐクリスマス。

私たちへのプレゼントは、旅行者たちが集まる地区の逆側のほうで待っている。

こうして私は再びこのロシアの地に戻った。一週間前にラナから電話を受けて、私は決意した。「OKよ、ゴーサインを受け取ったわ。パリからモスクワへ行く最初の飛行機に乗ってね」と彼女は言った。そういうわけで、ラナと私はモスクワの中心、クレムリン宮殿の近くにいるわけだ。

贈り物の中身がまだ分からないまま、私たちはニコリスカヤ通りを人波に逆らって進んだ。

冬のロシアは日中も薄暗く、気温はほんのマイナス一五度。モスクワっ子にとっては許せる気候とはいえ、肌を刺す寒さはいちだんと厳しい。青いヘッドライトの車が現れたら、歩道が終わるしるしである。目の前には、ロシア人が得意とするような記念建造物的な広場。中央の盛り土したところが雪で覆われている。さらにその向こうには、イタリア風のパステルオレンジ色の建物。過剰な装飾を排したいかめしさで、すぐにそれと分かるいかにもの建物だ。これが有名なルビャンカ広場と、悪名高き建物ルビャンカである。

ルビャンカはＫＧＢと等しく、ＫＧＢは恐怖と等しい。ソ連の歴史に影の部分があるとすれば、ルビャンカは間違いなくその黒い太陽だ。数十年の間、ボリシャヤ・ルビャンカ通り二番地という住所には共産党体制の秘密情報機関ＫＧＢが置かれていた。はんこを押すだけでシベリアの収容所に強制移送できるようなその行政部門だけではない。このルビャンカの建物内には尋問室と刑務所も隠されている。ソ連世代の人々にとって、この建物の中に入ることは死刑判決に等しいか、少なくとも何年も姿を消すことになるのは確実であった。ナチの最重要人物の何人かは第三帝国崩壊後にここに収監され、この厚い壁の中で最悪な拷問を繰り返し受けた。一九九一年一〇月一一日以後ＫＧＢはなくなり、一九九五年にＦＳＢがその一部を受け継いだ。その本拠地もまたボリシャヤ・ルビャンカ通り二番地である。ここで私たちは待ち合わせの約束をしていた。ヒトラーの死に関する秘密の報告書、まだ機密扱いが解除されていない書類の閲覧を許可してもらうためである。とくに、総統のものと推定される遺体の発見に関する資料。第三帝国崩壊から七〇年以上を経ても、ヒトラーの件はいまだ一部機密扱いで、秘密情報機関の管轄下にある。

GARF（ロシア国立公文書館）で対応してくれた人々のおかげで、ヒトラーの謎を解く鍵のひとつがFSB内にあることを、私たちは比較的早い段階で知ることができた。気まぐれな子どもが散らかした巨大なパズルのように、「H関連書類」のピースはロシアのさまざまな行政機関に散らばっている。こうした秘密をひとつの機関にまとめないのは、わざとなのだろうか。あるいは自らが所有する文書に執着する官僚同士の、潜在的な争いの結果なのだろうか？　ソ連、次いで現在のロシアは、こうした行政同士の対立を生み出し維持するやり方を知っている。その対立を見ると、妄想的なシステムであることがよく分かる。いずれにせよこうした資料を閲覧することは宝探しのようで、相手によって規則もさまざまだ。スターリンもこうした方法を知らないとは言わないだろう。GARFにはヒトラーのものとされる頭蓋骨のかけらがあり、軍事公文書館にはヒトラー最期の数日に関する証人の警察資料がある。そしてFSB中央公文書館には、遺体の発見と身元鑑定に関する資料がある。資料の閲覧をある程度簡単にしたいと望む者、つまり歴史家やジャーナリストにとっては、カオスともいえるほどの散らばり方だ。落とし穴も説得する責任者も増え、ドイツの独裁者の死について少し調べるだけでもすぐに地獄落ちのようになり、何といっても消耗させられる。時間的にも金銭的にも。

私たちがＦＳＢに依頼したのは、三か月前の一〇月である。三か月待った。音沙汰なし。一切なし。ようやく返事。

「駄目です。そんなことを考えないように。不可能です」

ロシア人の気質をよく知るラナは、最初に拒否されたからといって中止したりはしない。今度は新たにメールを書き始めた。そして現地に赴く。説得は彼女のいちばんの才能だ。チャンスを増やすため、彼女は外務省のメディア部にすがった。この地域で働く外国人ジャーナリストを担当するのはアレクサンデル・オルロフで、私のロシアでの期限付きプレスカードを獲得してくれたのもこの人物である。このカードがなければ、私は調査を行うことはできないのだ。アレクサンデルはフランス語を話すし、私たちのヒトラーに関する調査についても知っている。ＦＳＢとのつきあいもあるに違いない。ラナはそう確信し、彼に頼み込んだ。結果が出るまで待たされたが、その後アレクサンデルから電話があって現実味を帯びてきた。

「大丈夫。来週だ。水曜日！」

約束の日の前日、私がモスクワのホテルに着いた直後に、ラナから水曜日は結局駄目になったという知らせが来た。すべてキャンセル。いや、キャンセルではなく変更だ。いつに？　たぶん木曜。ラナは電話で交渉して主張した。「彼はわざわざ特別にパリから来たんです」とアレクサンデルに説明したのだ。「そのフランス人ジャーナリストはいつ帰国するんですか？」とアレクサンデルが尋ねる。

「ああ、金曜日ですか！　何時の飛行機？　一三時三〇分ね！　それなら金曜一〇時に約束しましょう。あなた方を迎えるスタッフはディミトリと言います。ではその時間に来てください！」

OKの返事を受けた驚きと喜び以上に、私たちの心に疑問が浮かんだ。なぜだろう？　なぜロシア当局はこんなに急に豹変したのだろう？　FSBは七〇年以上がっちり守ってきた秘密を、なぜ私たちに見せてくれるのだろう？　なぜ私たちに？　率直に言って、私たちは彼らにとって重要人物ではないだろうと、ラナと私はまず思った。調査に対する真剣さとプロとして築いてきたものの正しさに自信はあるが、それだけでは十分ではないはずだ。

もちろんラナは、ロシアのさまざまな官僚組織に忍耐強く熱心に働きかけた。プーチン体制の高官であるラナの友人たちも、たびたび応援してくれた。こうしたことが相まって国立公文書館（GARF）の障害を取り除くことができたようで、私たちは比較的簡単に関係機関の承諾を得ることができた。なかでも、ほとんどの研究者、ましてや外国の研究者が手にすることができなかった資料を閲覧してもよいという確約を得た。しかしFSBの公文書館は、また違う閉じた世界に属している。とくにプーチンが再び権力を握ってからは、なおさらである。エリツィン時代の一九九〇年代には金さえ出せば何でも得ることができたが、現在それは不可能である。しかも調査中に出会った交渉相手全員から、何度も言われた。ヒトラーの件はクレムリンが直接管轄している。国のトップの許可がなければ、あるいは少なくともそこに伝えられなければ、いかなる決定も下されないと。

私たちの頭に浮かんだ最もありそうな仮説は、私たちにとって嬉しくないものであった。一言で言えば、ロシアが自らのために利用するということである。私たちにヒトラーの死に関する書類を見せることが、ロシア当局のプロパガンダに役立つとしたら？　戦争直後のスターリン時代と同じように、ロシアは現在西側、ヨーロッパやとくにアメリカを警戒している。米ソの外交関係は一〇年ほど前から緊張が増しているし、西側諸国とロシアとの関係が冷えているのは誰の目にも明らかだ。私たちのヒトラーに関する調査は、こうした張り詰めた状態の中で行われる。それはモスクワにとって、ナチに勝ってヒトラーを屈服させたのはまさにソ連赤軍であることを世界中に思い出させる好機となる。第二次世界大戦の究極の戦利品であり証拠でもあるのが、ヒトラーの遺体の残骸、すなわちこの場合頭蓋骨の一部なのである。それを現在表に出すことは、ロシアが大国であり、改めて重視しなければならない強国であることを思い出させることである。

しかも、国際的なジャーナリストチームはこのメッセージを伝えるのに最適だろう。ラナはロシアとアメリカのハーフで、私はフランス人なのだから。

これが私たちの仮説である。確信はないので、慎重でなければならないが。

第二次世界大戦の傷は、この悲劇の最後の当事者たちが病や老いで死んでいくにつれて癒されると思うかもしれない。総統地下壕とその居住者の最後の日々については、数十年前から知られている。詳細や証言には事欠かず、参考図書も同様。ヒトラーの隠れ家の住人の中には、ソ連に捕らえられた者も、イギリスまたはアメリカに捕らえられた者もいる。そこで死んだ者もいる。それぞれ目に見える証拠は存在するが、ただヒトラーとエヴァについての証拠だけがない。

ＦＳＢに行く前の準備として、ラナと私はベルリン陥落に関する異論の余地のない歴史的事実をおさらいした。

一九四五年五月二日、ソ連軍が初めて総統地下壕を襲撃。ヒトラーの居室の中で、逃げられないほど疲弊した負傷者数人と、三人の遺体を発見した。それはクレープス大将、ブルクドルフ大将、そしてヒトラーの護衛隊長フランツ・シェードレであった。三人とも自殺を選んでいた。ヒトラーの痕跡は一切なかった。この前日に赤軍参謀部に渡されていたゲッベルスとボルマンの署名入りの公式文書で、ヒトラーの自殺が伝えられていた。すぐにそれを伝え聞いたスターリンは、敵の死体を見つけるよう緊急命令を出した。ソ連のすべての秘密情報機関とエリート部隊は新たな使命を告げられた。

こうして総統地下壕攻略から数時間後、ゲッベルス一家の遺体が発見され、写真と映像に収められた。以上が明らかな事実である。

ゲッベルスのケースに少し戻ろう。彼については何の謎もない。彼の自殺は多くの資料や、とくに写真や動画の存在によって確認されている。この熱狂的なナチの宣伝大臣は自殺し、自らの最期の妄想に妻と六人の子どもを引きずり込んだ。それは一九四五年五月一日のことである。ゲッベルス本人からの命令を受けて、地下壕の最後の親衛隊メンバーたちはゲッベルスと妻マクダの遺体を焼いた。その後隊員たちは赤軍から逃れようと、一目散に逃げだした。急いでいたため、彼らは子どもたちの遺体の処置は忘れたか、あるいは時間がとれなかった。そのため子どもたちの遺体は予定とは違って、焼かれてはいなかった。

ソ連軍は地下壕に着いてすぐにゲッベルス一家の遺体を見つけたようだ。これがNKVD（内務人民委員部、省に相当）のトップシークレットとされている報告書に書かれていることである。日付は一九四五年五月二七日。この報告書はソ連で最も力があり最も恐れられていた男のひとりのもとへ直接送られた。NKVDのトップ、ラヴレンチー・ベリヤである。

一九四五年五月二日、最近までヒトラーの総司令部が置かれていたベルリンのドイツ第三帝国官邸敷地内の地下壕から数メートルのところで、ひとりの男とひとりの女の焼死体が発見された。しかも特記事項として、男は背が低く、右足は半分曲げた状態で、焼け焦げた整形外科用の靴をはいていた。遺体からはナチ党の制服の焼け残りと、火で傷んだ党のバッジが見つかった。女の遺体からは、火で焼けた金のタバコケースと金の党バッジ、火で焼けた金のブローチが見つかった。
ふたつの遺体の頭部の近くには、ワルサーNo.1のピストルが二丁転がってい
た。
ゲッベルスの子どもたちは少し後に発見された。この報告書に署名したアレクサンドル・ヴァディス中将は、ナチが自国に対して行った殲滅戦の恐ろしさにも慣れたつわものであった。ヴァディスはただ者ではない。一九四三年四月から一九四六年五月まで機能していた、きわめて暴力的な極秘のソ連の軍事防諜機関スメルシュの部隊をベルリンで指揮した男だ。しかしその彼が、この報告書の中で驚愕を隠し切れなかった。

本年五月三日、帝国官邸の地下壕の別室で、ベッドに寝かされた六人の子どもの遺体を発見した。女児五人、男児ひとりである。彼らは薄手のパジャマ姿で、毒殺された形跡が見られた。
[…]
発見された男ひとり、女ひとり、子ども六人の遺体が、帝国宣伝相ゲッベルス

博士と妻、彼らの子どもたちであることは、数人の捕虜の証言により確認された。最も特徴的で説得力があったのは、「SS少佐」ヘルムート・クンツの証言であったことを記すべきだろう。クンツは帝国官邸の歯科医で、ゲッベルスの子どもたちの殺害に直接かかわったのである。

この件について尋問するとクンツは、四月二七日にゲッベルス夫人に子どもを殺す手助けを頼まれたと証言した。夫人はその際、「状況は厳しく、明らかに私たちは死ななければなりません」と語った。クンツはこの行為を承諾した。

一九四五年五月一日一二時、クンツは帝国官邸敷地内にあるゲッベルスの地下壕の診療室に呼ばれた。そこで彼は再び子どもたちを殺すよう、ゲッベルス夫人に、次いでゲッベルス本人に持ちかけられた。「すでに決めたことです。総統が死に、私たちも死ななければならないのですから。ほかに道はありません」とゲッベルスは断言した。

その後ゲッベルス夫人はクンツにモルヒネをいっぱいに入れた注射器を一本渡した。クンツはそれを子どもたちにそれぞれ〇・五ミリリットルずつ注射した。一〇分から一五分して子どもたちが眠りかけると、ゲッベルス夫人はシアン化物入りのアンプルを割ってそれぞれの口に入れた。

こうして四歳から一四歳のゲッベルスの子ども六人が全員殺された。［実際は最年長のヘルガはまだ一二歳］

子どもを殺したあと、ゲッベルス夫人はクンツに伴われてゲッベルスの私室に入り、子どもたちのことはすべて終わったと夫に告げた。その後ゲッベルスはクンツに子どもの殺害を手伝ってくれたことを感謝し、退出させた。

クンツが証言したように、子どもの殺害後、ゲッベルスと妻はどちらも自殺する。

ロシア人はこの機密情報を連合国のイギリスとアメリカに伝えることを受け入れた。ゲッベルスはソ連当局にとって非常に大きな戦利品である。この戦利品は世界中にひけらかすのがふさわしい。ガソリンも時間も足りず完全に燃え尽きていなかったため、ゲッベルス夫婦は容易に身元を確認できた。赤軍はすぐさま戦利品の写真と映像を世界中に流した。子どもの遺体は発見された寝室から出され、官邸の庭の両親の遺体のそばに置かれた。炎で黒焦げになった二体の遺体、そのおぞましい肉のかたまりが、白いパジャマ姿の弱々しい子どものそばに横たわっている。子どもたちはまだまどろんでいるようにも見える。この異様な光景は恐ろしく効果的だった。ソ連は人々に大きなショックを与えようとした。世界に対するそのメッセージは明らかだ。見よ、ナチのリーダーたちはこんなことができるのだ！　われわれが打ち負かしたこの恐ろしい体制を見よ！

写真と映像がある以上、ゲッベルスの死を真実と認めるには十分である。たしかにドイツの宣伝大臣はナチの全体主義体制の狂気をひとりでもかなり体現していたため、その遺体はナチの失墜を象徴するものとなった。事実として、彼はヒトラーの死後数時間はドイツ第三帝国首相であった。それならなぜソ連はナチ体制の中心部分、すなわち総統についても同様の動画を流さず、同様の資料を公にしなかったのだろう。現在でもヒトラーとエヴァの焼死体について、目に見える正式な証拠は一切存在しない。

赤軍は最大の敵の遺骸を写真や映像に撮る時間がなかったと思えるだろうか？　報道のためでないとしても、少なくともスターリンのためにも？　一九四五年五月二日のベルリン陥落後すぐに、ヒトラーの遺体を発見するかもしれないと考えて、写真やビデオが撮られていただけになおさらである。その中には、何となくヒトラーに似ている小さな口髭を付けた男の遺体をソ連兵が誇らしげに示している姿を写したものもある。ソ連参謀部はこうした「偽ヒトラー」

たちの身元を確かめるため、捕虜にしたナチの士官たちに確認させた。生前のヒトラーに会ったことのあるソ連の外交官も、モスクワから派遣されて身元確認に加わった。しかし結局、毎回ヒトラーではないという結果になった。発見されたいかなる遺体も、正式にヒトラーのものとはされなかった。

馬鹿げた噂が駆け回るのは早かった。総統は本当に死んだのか、それとも逃亡したのか？ソ連当局の沈黙は人々を悩ませて噂を大きくし、ヒトラーの謎を生み出すばかりであった。

ベルリン陥落から七〇年、私たちはこの謎をFSBの公文書を通して解明したい。そのためには、調査できる資料が正しいものかどうかを確かめなければならない。信頼するというのは前提として望ましいことだが、ロシアでは義務ではない。

このように慎重さを心がけて、私たちはFSB中央公文書館の建物に向かった。ルビャンカ広場を囲むほかの歩道とは違って、ルビャンカの正面沿いの歩道は驚くほど閑散としている。ひとりの歩行者もいない。ただ手に棍棒を持った制服姿の警官がふたりいるだけだ。私たちが来たことに気づかないはずはない。合図の流し目をして、私たちを観察している。もちろん建物の入口を示すような標示は何もない。顔を上げてためらいがちに歩く私たちは、道に迷った旅行者のようだろう。ふたりの衛兵のうちのひとりがいらいらした様子で私たちのほうに来た。「この歩道は撮影禁止です」と彼はまず警告から始めた。

「ここで立ちどまってはいけません。重要地帯で、いたるところにカメラもついています」

警官は棍棒の先で窓のへりにとり付けられたたくさんのカメラを示しながら、続けて言った。私たちの返事に彼は驚いた。私たちは写真を撮りたいのではなく、中に入るためにここに来たのです。まさに入るために。「本当ですか？」と、警官は困惑したように念を押した。それから彼は裏つきの厚い上着の襟を折りながら答えた。

「それなら、入口はあそこです」

入口は建物の中央、旧ソ連の大紋章の真下にあり、灰色の暗く悲しげな大きな花崗岩のブロックに囲まれている。もしこの入口が訪問者にインパクトを与えるために選ばれたのだとしたら、その目的は見事に達成されている。

ディミトリはすでに中で私たちを待っていた。式典用の制服を着たひとりの兵士が、彼と私たちの間に立っている。二メートル近くありそうな兵士だ。この兵士は一言も言わずに、素っ気なく私たちのほうに手を差し出した。「パスポート！」とディミトリがつくり笑いをしながら説明した。この時点でも、ラナは私がセキュリティチェックを通れるのかどうか分からずにいた。ＦＳＢの中に外国人。しかもジャーナリスト。国際的な外交危機のただ中にあるロシアでは、それは多くのことを求められるということだ。ロシアのジャーナリストがパリの対外治安総局に入ることなどできるだろうか？　どうだか。メールや電話を何度もしていくうちに、ラナはＦＳＢを納得させる言い方を見つけた。しかし最後の瞬間にすべてが止まってしまうかもしれない。数日前には、トルコ駐在ロシア大使がシリアのジハードの名の下にトルコ人に撃ち殺されるところが、テレビで放送されたばかりだ。そのときディミトリがすべてをキャンセルすることもあり得たのだ。今朝クレムリンが意見を変えたかどうかなど、誰が知っているだろう？　ヒトラーの死に関する私たちの調査はこのＦＳＢ本部の入口で、機密事項まであとほんの数メートルのところで、止まってしまうかもしれないのだ。

二〇一六年一二月、モスクワ、ルビャンカ

規則は明確だ。何も触ってはいけない。許可なしには何も撮影してはいけない。そして、待つこと。ラナは話を聞き、頭を軽く揺すると、ディミトリがエレベーターの中で並べあげた注意事項を私に翻訳してくれた。ディミトリは親切であろうとしていて、その努力が感じられ

た。しかし四階で私たちを迎えた男たちは全然違っていた。ディミトリと同じように、彼らもきちんとした服装をしている。黒いスーツ、白いシャツに黒いネクタイだ。ディミトリとは違って、顔に表情がない。攻撃的でも警戒しているふうでもないが、なにより好意的でない。五〇年代のスパイ映画からそのまま出てきたような、本当に意地の悪そうな顔。ディミトリは絨毯を敷き詰めた廊下のほうに向かって先頭を進んだ。絨毯の地味な色は年代ものの古めかしさがあり、この建物の「鎌とハンマー」時代の雰囲気をいっそう高めている。いまやFSBの三人の職員が私たちを囲んでいる。誰も何も話さない。ありふれた照明はどこまでも続く廊下全体を照らすには至らず、私たちには今いるところから廊下の行きつく先を見ることもできない。見たところ、この廊下は建物全体を貫いているようだ。つまり数十メートルあるのだろう。壁には一定の間隔を置いて、明るい色の板張りのドアがある。開いているドアはひとつもない。名前もなければ区別するための番号さえついていない。この階の正面側だけで、左右にそれぞれ二〇ほどのドアがあるようだ。それにしても、職員さえいないのだろうか？　物音は一切ない。私はドアのひとつに近づいてあゆみを遅め、耳をそばだてた。何もなし。囁きさえも。私たちの足音だけが、かなり厚い絨毯にもかかわらず鳴り響く。ルビャンカのこの階に比べれば、映画『シャイニング』のオーバールックホテルのほうがまだ愛想がよく好ましいと思えるぐらいだ。

「ここです。お入りください！　楽にしてください」

私たちの小グループに「黒スーツ・黒ネクタイ・白シャツ」の信奉者が新たにふたり加わった。彼らは板張りのドアの前で黙って待っていた。このドアだけが開いている。座って楽にしろというお言葉を拒否することはない。しかもここでは何ひとつ拒否できないのだ。そして前もってよくよく考えなければ、何の質問もできない。私たちが入ったのは一〇平米ほどの事務室である。窓のカーテンは注意深く閉められている。丸いテーブルとガラス戸付きの本棚、平凡な棚、ロシアの国旗数枚、テレビ、質の悪い革の長椅子、そして細かく点滅するつくりものの小さなもみの木。ロシアの行政機関の内部は本当にどれもよく似ている。しかしそれは、この壁にＦＳＢの大紋章が誇り高く掲げられていなければの話である。その紋章はロシアの国章である双頭の鷲を刻印した盾が剣を覆っているという絵柄で、それがまさに私たちがロシア連邦の一般的な役所にいるのではないことを思い出させる。ディミトリは姿を消した。ときがゆっくりと、しかし確実に流れていく。背がやや低くてずんぐりした男が部屋に来て、私たちのもとに加わった。何も話さず、ラナの問いかけにも答えない。男は私たちを見て、隠そうともせずにあからさまに私たちを監視する。部屋の外の廊下では、先ほどすれ違ったグループが話している。その中でひときわよく通る声がある。とくに女性の声だ。その女は今来たばかりで、私たちの存在がうれしくないようだ。彼らは私たちに何を見せてくれるのだろう？　どんな命令を受けているのだろう？　それを見極めるために、私は全体をざっと見回すことにした。私がドアのほうに行くふりをしたとたんに、監視係に引き留められた。私は慌てて「おしっこ！　トイレは？」と言った。私の悪意のなさそうな様子に、不愛想な監視人も和らいだ。私はもう一度頼んだ。

「トイレは？　ＷＣは？」

彼が理解しているのは分かった。男はためらい、待つようにという身振りをして、出て行った。その後すぐディミトリが現れて、私についてくるよう指示した。こうして私は再び廊下に出て、激しく言い合う声が聞こえていた人々の間を通った。少なくみても七人の男と一人の女だ。私が通ると、全員がすぐに口をつぐんだ。女性は暗い色のいかめしい感じのワンピースを着ている。うなじの位置できっちり切られたブロンドの髪が、このモノクロの世界に多少の色味を与えている。背は大部分の同僚よりも高く、肩幅は少なくとも同じぐらい広い。彼女は私たちがこの建物内にいることは自分の主義を侮辱するものだということを、私にはっきりと示した。その目が私から離れないのが、背中からも感じられる。同じく何も書かれていないもうひとつのドアを、ディミトリが開けてくれた。トイレだ。

「もうすぐ書類を持ってきてくれるわ」

私が部屋に戻るとラナは勝ち誇ったように迎えた。私のいない間に、機密資料を私たちに見せてくれることが確認できたのだ。それはよかった。私は空港に急ぐとしてもあと一時間半しか時間がないのだから。突然、廊下ですれ違った一団全員が小さな事務室に侵入してきた。先頭は女性だ。彼女は聖遺物でも運んでいるかのように、いくつかの書類を自分の前に掲げ持っている。大きな靴の箱もある。彼女の後ろのふたりの男は、カバーをかけたマネキンを丁寧に置いた。

いまやことは迅速に運ぶ。女性は書類と箱をテーブルに分けて置き、ふたりの男はマネキンを私たちの左側に設置しおえた。ほかの人たちはそれを監視している。椅子に座っている人もいれば、立ったままの人もいる。人数が多いので、全員が部屋に入ることはできない。私たちはあえて口を開かずにその光景を見つめていた。すべてが止まってしまうのが怖かったからだ。

「規則は次のとおりです」

いかなる異議も認めないような落ち着いた口調で、ブロンドの女性が資料を閲覧する際の条件をひとつずつ挙げた。ラナは先生を前にした生徒のように腕を背中で組みながら、集中してそれを聞いている。彼女は順々に翻訳して私に囁いた。

「写真は許可するが、資料のみ。ここにいるＦＳＢ職員の写真を撮ることは絶対**禁止**……」

「禁止」の部分を女性職員がひどく強調したので、ロシア語とはいえ私も理解した。

「さらに、われわれはあなたたちが撮る写真をすべてチェックします。書類はわれわれ職員が選んだものだけが使用可能です。しおりが挟んでありますから、すぐ分かるでしょう」

急いで目をやると、しおりの数、つまり見せてくれる資料の数を見積もることができた。ゆうに一〇はありそうだ。幸先がよいと考えて、私は自分を安心させようとした。

「ソ連軍がヒトラーの遺体を押収した物理的証拠も持ってきています」

ラナがこの最後の言葉を訳したとたんに、マネキンのそばにいたふたりの男がキャバレーのマジシャンのコンビのようにその覆いを取った。驚かせる効果は保証ずみだ。マスタード色の上着が現れた。古いもののように見えるが、保存状態は完璧だ。左胸の外ポケットには三つのバッジが付いている。中央に鍵十字が付いた赤と白で縁取られた丸いメダル、戦功章、そして最後は交差する二本の剣の上に軍のかぶとを配した黒っぽい勲章。「これはヒトラーの上着です」とＦＳＢの女性は言った。三つのバッジは完全に確認できる。丸いメダルはナチ党の正式なバッジにほかならない。戦功章は一級鉄十字章で、最後の記章は第一次世界大戦の戦傷者の勲章である。まさにヒトラーがいつもつけていたのと同じものだ。

「この上着はどこで見つかったのですか」

私たちが質問すると、女性はすぐにいらついた。私たちにこれが本物かどうかと疑ってみせる勇気などあるだろうか？　それはつまり彼らをまさに嘘つき呼ばわりすることなのだから。

ディミトリが間に入った。

「ソ連軍が現地でこれを回収しました。第三帝国官邸地区内です」

これは本当にヒトラーのものなのか？　それとも演出にすぎないのか？　たしかに完全に信憑性はあるが、証明はできないのではないか？　しかし極言すれば、そんなことは重要ではない。私たちがここに来たのは布切れを見るためではなく、ヒトラーが一九四五年四月三〇日に死んだという確実な証拠を得ること、とりわけソ連軍による遺体発見の詳細について知るためなのだから。ラナも私もこうしたナチのものに何らかの魅力を感じることはなかった。まるで反対だ。制服とメダルを前にしても私たちが大喜びしないので、ディミトリは予定を早めた。彼は同僚の女性に合図して、デモンストレーションを続けた。女性は大げさにため息をついて、丸いテーブルに近づくよう私たちに言った。私たちの目の前に書類がある。古い靴の箱と見間違うような小さなケースは、頭蓋骨のかけらが入ったＧＡＲＦの箱といくぶん似たスタイルだが、もっと離れた私たちの手の届かないところに置き直されていた。

「それはあとで見られますから！」

箱を見つめる私の視線は気づかれていた。

「さあ、資料です。これはヒトラーの遺体に関する機密資料です」

開いて、見て、写真を撮る。急いで。できるかぎり早く。私はあと数分したらここを出なければならないのだ。私はこれを座って見るぐらいの権利はあるのだろうか？　私は質問した。ラナはディミトリに対応していて訳してもらえない。私は相手の女性に英語で試そうとした。明らかに彼女は理解しているが、「はい《ダー》、はい《ダー》」と答えるだけ。私はしおりの指示をきちんと守りながら、最初の資料を開いた。わずかな過ちにも注意しなければ。

それはタイプライターで打った報告書であった。紙の質は悪く、ほとんどざらざらしている。折り目からすると四つに折られていたものであることが分かる。ふちは擦り切れ、小さすぎるポケットに資料を押し込んで運んだときのように、少し破けている。始めから半分しか印刷されていなかった活字もある。タイプライターのインクリボンが消耗していたに違いない。細かな点から、この資料は通常の状態の仕事部屋でタイプされたものではないと思われる。爆撃で荒廃したベルリンの廃墟で打たれたものだろうか？

すぐに日付を見る。ロシア語が理解できなくても、読むことはできた。

「一九四五年五月五日」。この報告書には誰が夫婦の遺体を発見したかが書かれている。情報は具体的かつ正確であろうとしており、いかなる解釈の余地もない。遺体の身元についても同様。


私、親衛中尉アレクセイ・アレクサンドロヴィチ・パナソフと、兵士イヴァン・ドミトリエヴィチ・チュラコフ、エフゲニー・ステパノヴィチ・オレイニク、イリヤ・エフレモヴィチ・セロウフは、ベルリン市のヒトラーの第三帝国官邸そば、ゲッベルス夫妻の遺体発見場所の近く、ヒトラーの専用防空壕の横で、二体の焼死体を発見・押収した。一体は女、もう一体は男の遺体である。

発見された遺体は火による損傷が激しく、深く調べなければ確認または身元特定は不可能である。

遺体はヒトラーの地下壕の入口から約三メートルの砲弾の穴の中にあり、土で覆われていた。

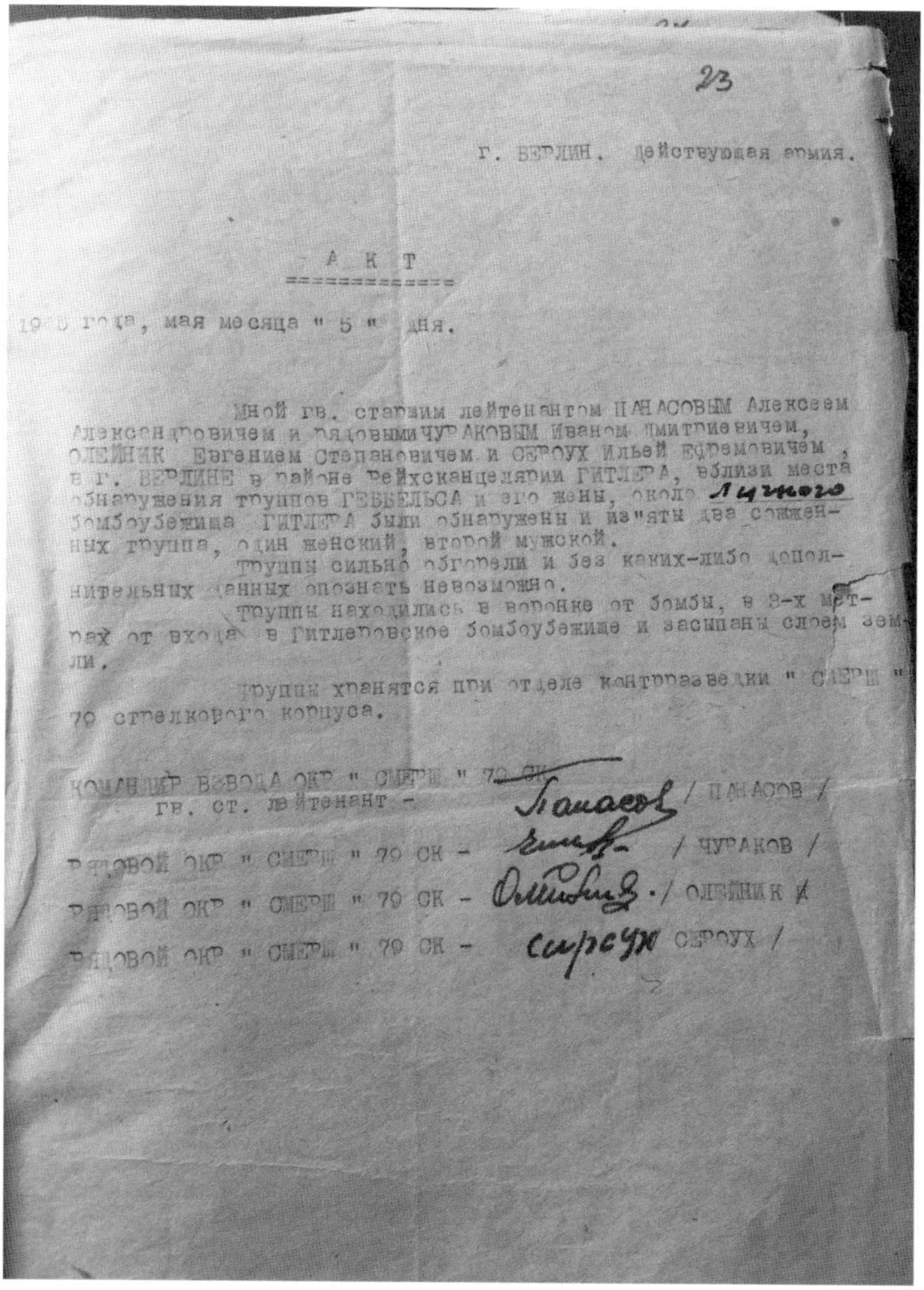
23

г. БЕРЛИН. Действующая армия.

А К Т

1945 года, мая месяца " 5 " дня.

Мной гв. старшим лейтенантом ПАНАСОВЫМ Алексеем Александровичем и рядовыми ЧУРАКОВЫМ Иваном Дмитриевичем, ОЛЕЙНИК Евгением Степановичем и СЕРОУХ Ильей Ефремовичем, в г. БЕРЛИНЕ в районе Рейхсканцелярии ГИТЛЕРА, вблизи места обнаружения трупов ГЕББЕЛЬСА и его жены, около личного бомбоубежища ГИТЛЕРА были обнаружены и из"яты два сожженных трупа, один женский, второй мужской.

Трупы сильно обгорели и без каких-либо дополнительных данных опознать невозможно.

Трупы находились в воронке от бомбы, в 3-х метрах от входа в Гитлеровское бомбоубежище и засыпаны слоем земли.

Трупы хранятся при отделе контрразведки " СМЕРШ " 79 стрелкового корпуса.

КОМАНДИР ВЗВОДА ОКР " СМЕРШ " 79 СК
гв. ст. лейтенант - Панасов / ПАНАСОВ /

РЯДОВОЙ ОКР " СМЕРШ " 79 СК - / ЧУРАКОВ /

РЯДОВОЙ ОКР " СМЕРШ " 79 СК - / ОЛЕЙНИК /

РЯДОВОЙ ОКР " СМЕРШ " 79 СК - Сироух / СЕРОУХ /

1945年5月5日、ヒトラーの地下壕の前で男女ふたりの遺体が発見されたことに関するソ連の秘密情報機関の報告書原本。現在でもこの資料はFSB中央公文書館に保管されている。

遺体は第七九軍団防諜部「スメルシュ」に保管された。

報告書は発見した四人の兵士の手書きの署名で終わっている。

次の資料は手で丁寧に描いて色を付けた地図である。前のと同様紙質は悪いが、こちらは折れてもいないし傷んでもいない。太字で上に「地図」と書かれ、下には「ヒトラーとその妻の遺体の発見場所」と書かれている。これは第三帝国新官邸の庭を極めて細かく描いた図で、縮尺も守られている。番号が散らばっていて、ゲッベルス夫婦の遺体が焼かれた場所と、ヒトラーとその妻と思われる遺体のあった場所を正確に示している。砲弾の穴については、ソヴィエト人はヒトラーとエヴァの二体の遺体が埋められていた「弾孔」と言っている。この資料は一九四五年五月一三日付で、署名は親衛少佐ガベロクである。

五月五日付の最初の資料との間に何があったのだろう？　その資料には発見された遺体はヒトラーとエヴァ・ブラウンのものであるということは何も書いていないが、五月一三日の資料には遺体の身元が確認できたように書いてある。ふたつの報告書は八日しか違わないのに。ラ

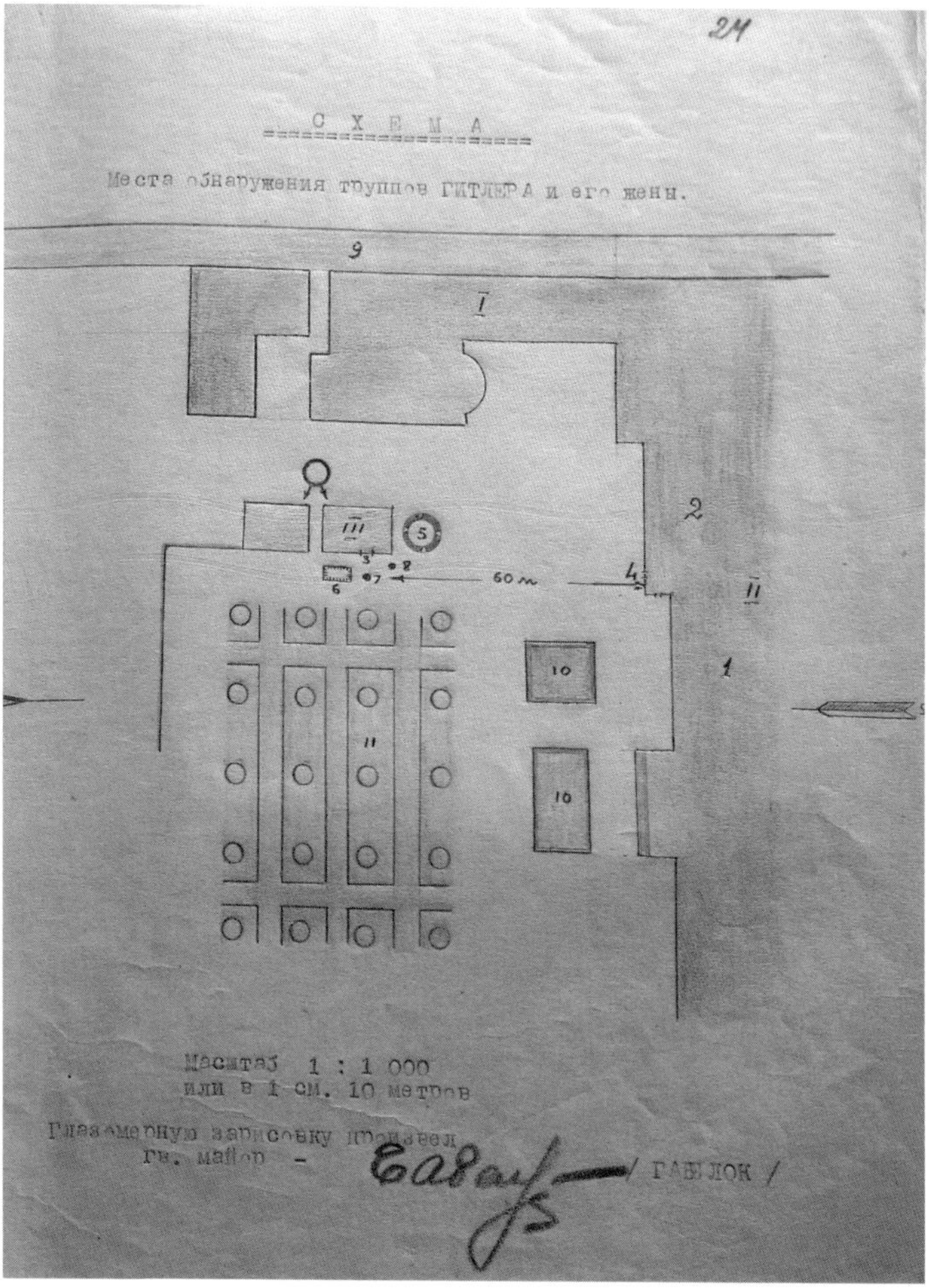

ベルリンの総統地下壕非常出口前で、ヒトラーとエヴァ・ブラウンと推定される男女の遺体とゲッベルス夫妻の遺体が発見された場所の図。この図は1945年5月13日にソ連の調査官が描いた。6番が男女の焼死体が発見された場所。7番がゲッベルス夫妻の遺体が焼却された場所。8番がヒトラーと妻が焼却されたと思われる場所(FSB中央公文書館)。

ナがそれを訳してくれたとたんに、私は疑いと質問をフランス語で大声で口にした。ロシア人はどのようにして焼けた遺体を確実に鑑定できたのだろう？　私は周りのＦＳＢ職員たちのほうを向いた。ラナと私は、できるかぎり如才なく、もっと知ろうとした。まずは感謝すること。私たちは皆さんのおかげで、ソ連当局がすでに一九四五年五月五日の時点でヒトラーを発見したと考えていた証拠を得ることができました。でも、これだけでは私たちの調査には十分ではないのです。事務室の空気が少し緊張した。私たちに対応した人々は、おそらくこんな反応を予想していなかったのだろう。

「あなたはどちら側なの」と若い女性がラナに厳しく言い放った。

「あなたはロシア人なの？　アメリカ人なの？」

ラナはできる限りにこやかにしていようと努力した。ラナは一九九七年にアメリカ永住権を抽選で獲得し、次いでアメリカのパスポートを取得して以来、この種の指摘には慣れている。

祖国を裏切った女。それだけだ！　「この資料で十分ではないんですか？」とＦＳＢの女性職員は言った。

「あなたたちはアメリカのあらゆるジャーナリストと同じように、最初にヒトラーを発見したのは私たちであることを信じないんですね。スクープを探しているんですか」

成り行きが怪しくなった。私たちの背後で上がる声の口調が荒くなる。ひとりの禿頭の男が突然椅子から立ち上がり、部屋から出ていった。これはすべてがもう終わりだというしるしなのだろうか？　しかし私たちが閲覧する資料はたくさん残っているし、テーブルの端には私たちに挑んでくるような箱もある。ここに私たちがいることに明らかに反対している女性をラナがなだめようとしている間、私はディミトリのほうを向いた。私は彼が英語かフランス語を話せると確信していた。

「私たちに何か問題があるんですか？」

返事の代わりに、彼は待つよう合図した。しばらくすると禿頭の男が私の前に再び現れ、クラフト紙の大きな包みを差し出した。

「オープン、オープン！」

私は言われたとおりにした。ラナはますます熱心に同国人の女性に説明している。半分同国人と言うべきか。

複数の身分証明写真、いや、身分証ではなく、むしろ犯罪者の個人識別写真だ。白黒だったものがセピア色を帯びている。これは拡大コピーだ。そのうちの一枚は比較的若い男で、整髪料を付けたような髪をバックにしている。名前は大きなキリル文字で目立つように書いてあ

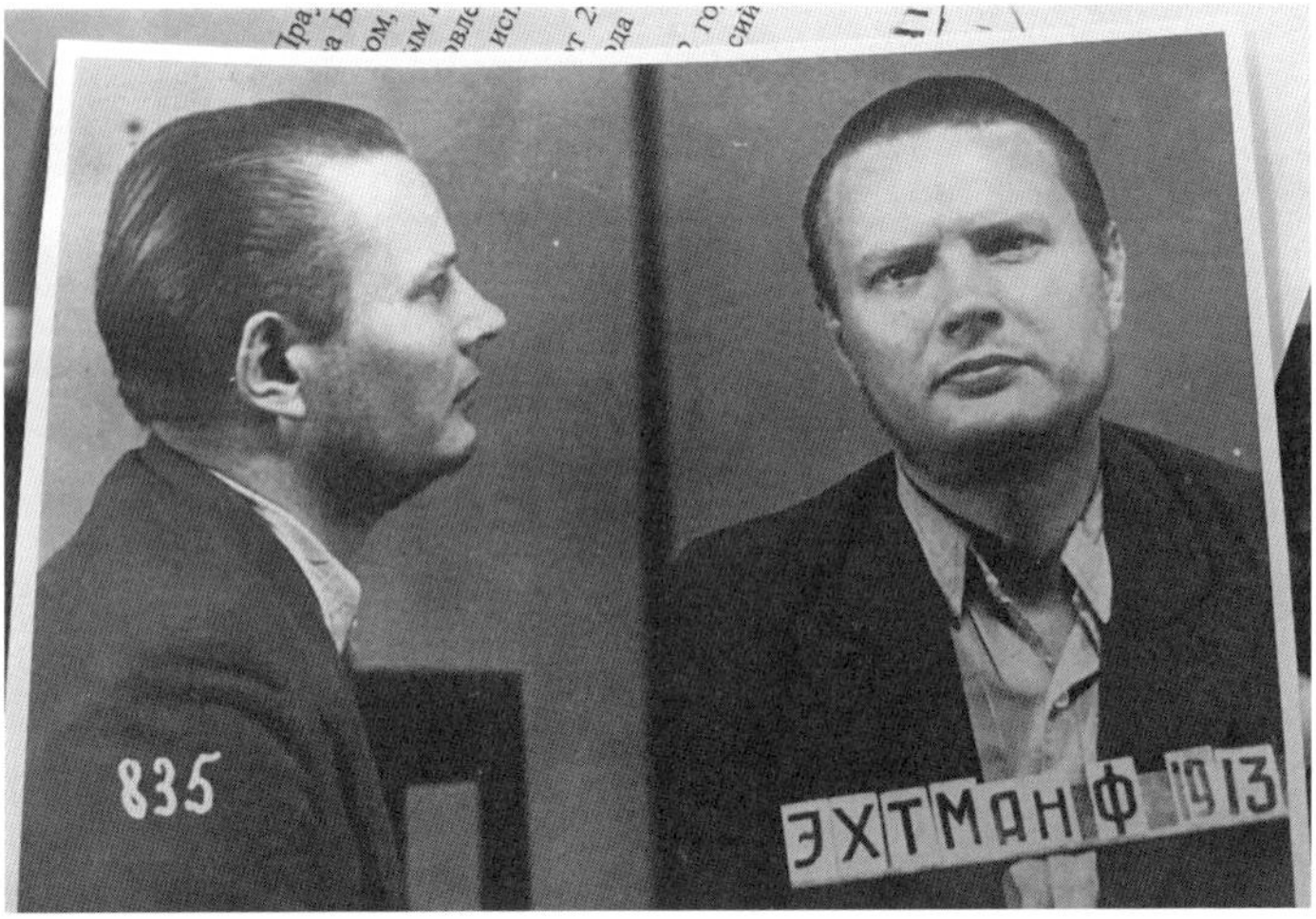

ソ連の取調官が撮影したヒトラーの歯科技工士フリッツ・エヒトマンの個人識別写真(FSB中央公文書館)。

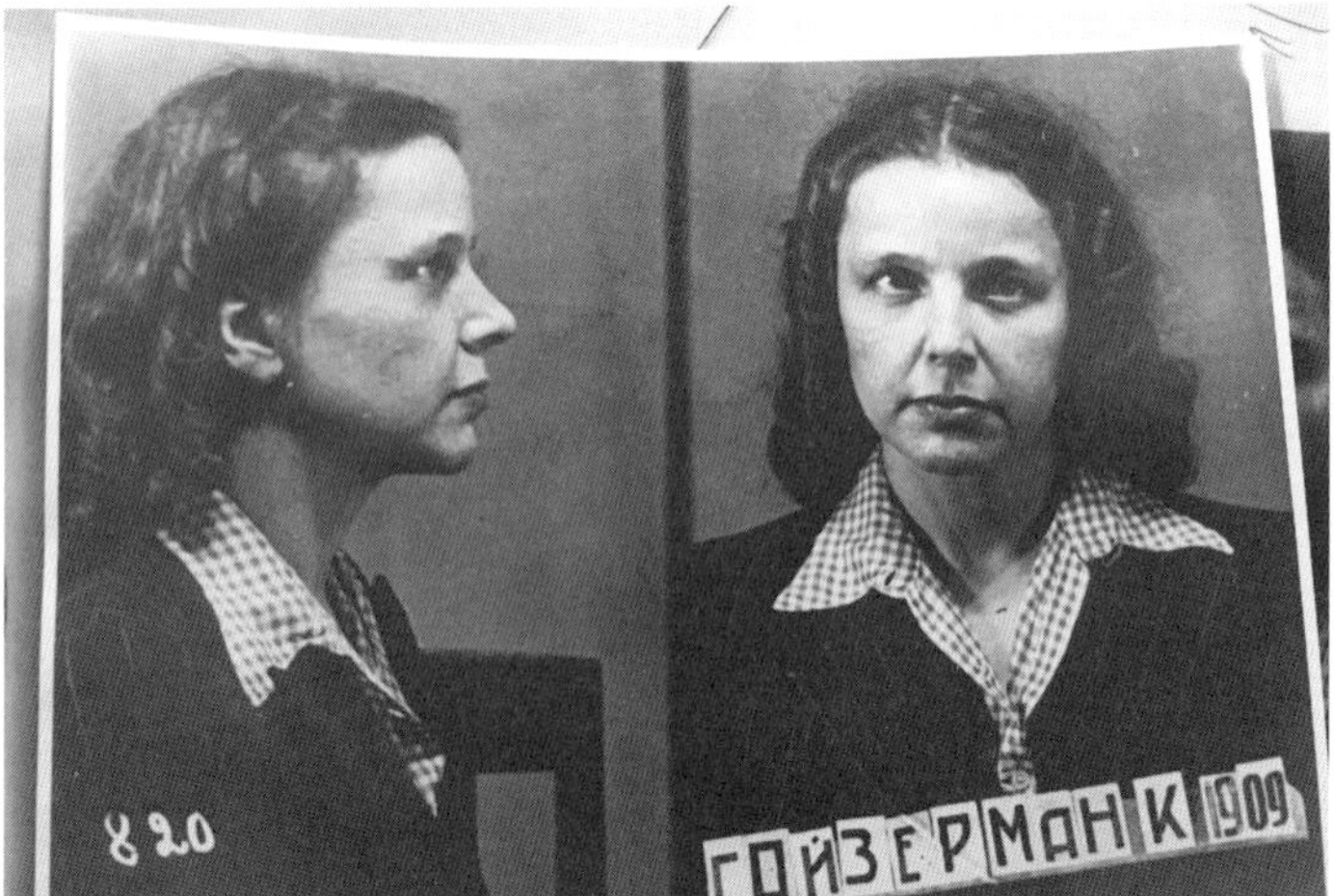

ソ連の取調官が撮影したヒトラーの専属歯科医の助手ケーテ・ホイザーマンの個人識別写真(FSB中央公文書館)。

る。エヒトマン(Echtman)・F。続いて日付。一九一三年。

もう一枚は同じく若い盛りの女性で、チェックのブラウスを着ている。ロシア語で書かれている名前は、ホイザーマン(Hoizerman)・Kと訳せる。そのすぐ隣に書かれているのは、一九〇九というまた別の年である。

実際は、これはフリッツ・エヒトマン(Echtmannでnがふたつ)とケーテ・ホイザーマン(Kaithe Heusermann)というどちらもドイツ人で、地下壕の前で発見された遺体の歯による身元確認に参加した人たちであった。フリッツ・エヒトマンはヒトラーの最後の専属歯科医フーゴ・ブラシュケとともに働いていた歯科技工士で、ケーテ・ホイザーマンはブラシュケの助手であった。ふたりの写真にはその略歴が添えられている。それによると、一九五一年にふたりはどちらもソ連で強制労働一〇年の刑を受けた。一方は「ヒトラー及びその近しい側近の歯科技工士であった」ためであり、もう一方は「ヒトラー、ヒムラーその他ファシストの責任者に仕えた」ためである。それに対してふたりが行った検死の結果については何もなく、問題の歯の写真もない。クラフト紙の包みを私の前に置いた禿頭の男は私がひどくがっかりしていることに気づいて、ある種満足気だ。彼らが私たちに見せてくれるのは、本当にこれだけなのだろうか？与えられた時間はあっという間に過ぎていく。私たちにはあと三〇分しかない。私のビザは今晩で切れるし、パリ行きの飛行機が午後出発することは彼らも知っている。具体的な情報や正式な証拠を得られずにがっかりしていると、厳格かつ寡黙なわれらが「友人」女性がスカートのポケットからラテックスの手袋を取り出した。外科医が使うような手袋である。一言も言わずに彼女はついに「靴の箱」をつかみ、テーブルの真ん中に置くと、蓋を取って開けた。磁石に引き寄せられたかのように、私とラナはすぐさま中をのぞき込む。私たちが目の前にあるものが何なのか実感しかけたときに、すでに若い女性はそこにあるものを乱雑に扱っていた。私は思わず「ストップ！」と叫んだ。私のこの大胆さに誰がいちばん驚いたのか、彼女なのか私なのか、それは分からない。いずれにせよ彼女は従い、すべてを置き直した。私は目の前にあるものを明らかにし、理解するための時間がほしかった。飛行機に乗れなくても仕方ない。私はひそかにラナに、ふたりで開発した出し物を始めようという合図をした。原理は簡単だ。ラナがしゃべる。休みなくしゃべる。彼女は周りの人々がほかのことを考えられないように集中させ、その間に私は観察し、思い通りに必要なだけ写真を撮る。これは単純なことだし、何時間でもしゃべれるというラナの非凡なる能力のおかげで恐ろしく効果的だった。彼女は嫌がることもなく人々の前で長広舌をふるった。

箱の中には白くて厚い詰め綿が何層も重ねられていた。その上には三つのものが置かれていて、箱全体を占めている。いちばん大きいのは、カーブした幅広の金属棒から成るもので、ふくらはぎの太さの薄い革につながっている。すぐに私はゲッベルスが内反足のために着けていた整形外科の器具だと思いついた。これはゲッベルスのものなのか？　全体が黒ずみ、激しい火で短時間焼かれたように大きく損傷している。

同じく火で大きなダメージを受けた、金色の金属製の小さなものもある。タバコケースだ。中も焼けた跡があるが、刻印されたサインははっきりと分かる。ヒトラーの署名にそっくりだ。この縞模様のような、下のほうに小さな線を入れた稲妻のようなものには見覚えがある。そしてこの特徴的な大文字のH。下には日付。二九・X・一九三四。これはヒトラーからマクダレナ・ゲッベルスへのプレゼントだろうか？　一九四五年五月二七日のNKVDの報告書に記載のある「タバコケース」だろうか？　その報告書によると、「女の遺体からは、火で焼けた金のタバコケースが見つかった……」。一致する。本物だとしたら、名前が刻まれた一九三四年一〇月二九日は、ヒトラーがドイツの全権を握って間もないときである。八月三日にヒンデンブルク大統領・元帥が死んで、ヒトラーはドイツ国の首相と同時に大統領になった。そし

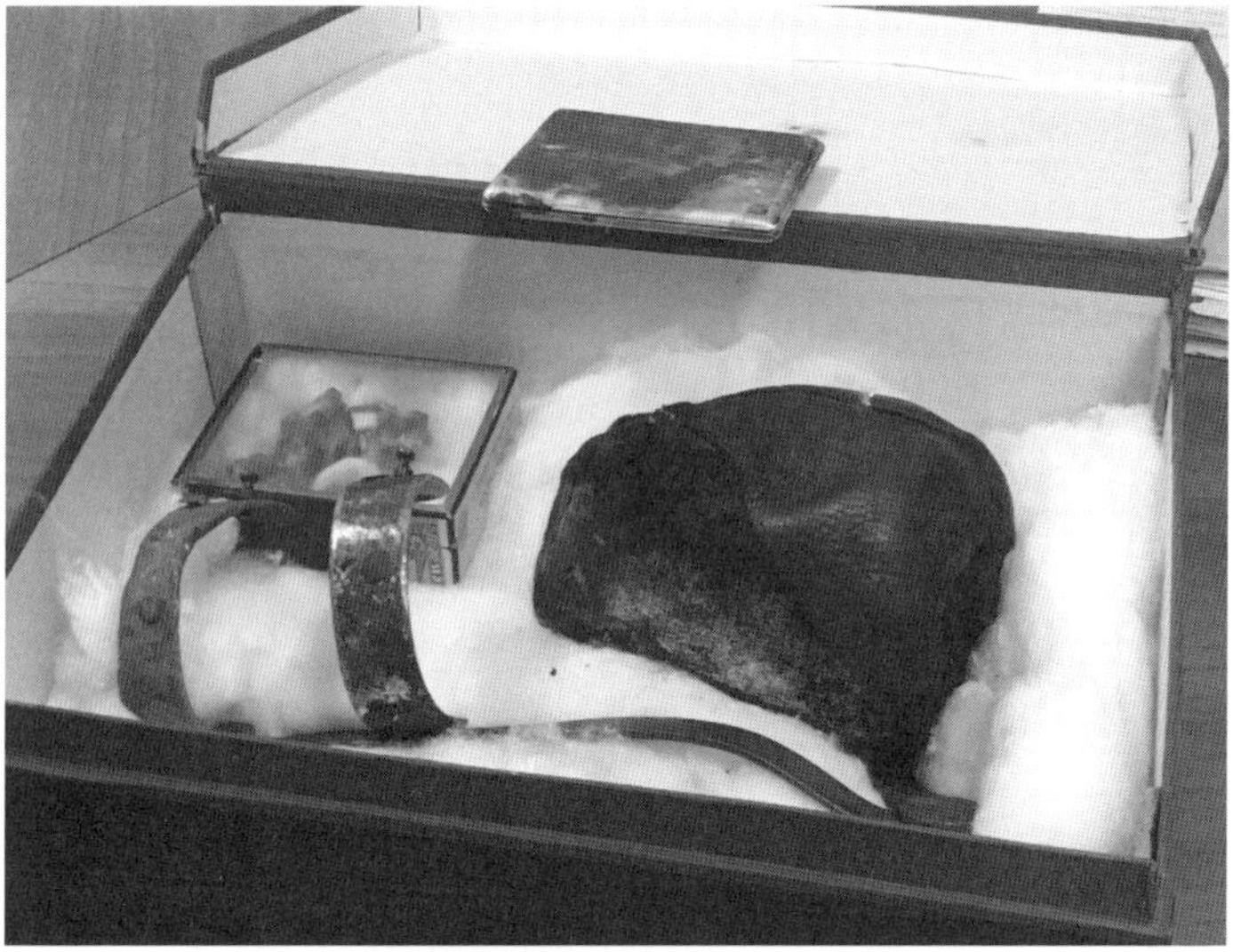

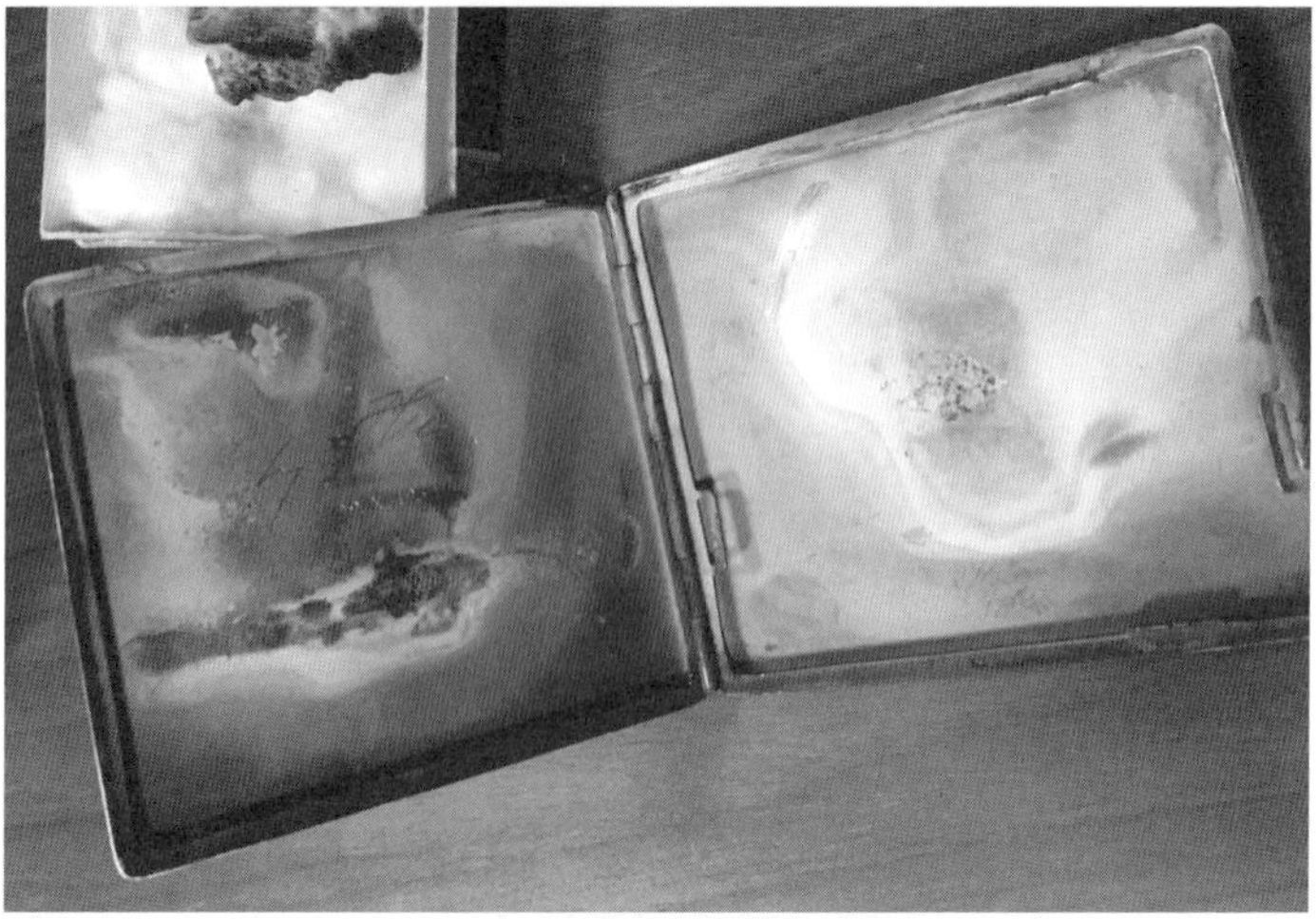

FSB公文書館によれば、ヨーゼフ・ゲッベルスの人工装具と、ヒトラーから贈られたマクダ・ゲッベルスの金のタバコケースが入った箱。ヒトラーのものと思われる歯の入った小さな箱も見える。

てヒトラーは総統になる。

モスクワに戻ろう。私は最後の物に集中した。私はこれにいちばん興味をそそられた。それは小さな四角い箱で、透明な蓋がついている。へりにロシア語とフランス語で「タバコ二五本五七番、ボスタンジョグロ社」と読める。明らかにこれは小型葉巻の箱である。透明な蓋から中をのぞくことができる。タバコはかけらもないが、詰め綿の上に人間の顎の一部が乱雑に入れられている。いくつかの部分に割れた顎。私が何も言わなくても、ＦＳＢの女性職員は手袋をつけた手で丁寧に箱を開けて、顎の四つの部分をひとつずつ出してくれた。私の前に、黒ずんだ骨組織についた二四本の歯が並んだ。歯の大部分は義歯か、インプラントや金色のブリッジで覆われている。自然の歯は数本しか見つからない。たぶん三本か四本だ。それ以外の歯はセラミックか金属である。この破滅的な状態の歯は誰のものなのか。男か、女か。

「これがあなた方が探していた証拠です」

腕を組み、相変わらず厳しい目つきをした本日の私のデモンストレーター嬢が、ついに英語で話しかけた。私は確認してしまった。

「これはヒトラーの歯なのですか？」

「ええ《ダー》」という一言だけの返事で、私は満足したとみなされた。しかし私は満足しなかった。いずれにせよ、それだけでは十分ではない。ここに来た以上、私は全部の時間を使って、この歯と顎の一部の写真をできる限りあらゆる角度から撮りたいのだ。

　ラナがほかの人たちにしゃべりまくっている間、監視役の女性は私の言うことを分かってくれた。レンズの前で歯と顎の置き方を順番に変えてくれるよう、彼女に頼んでみたのだ。正面から、裏から、前から、後ろから。ひとつも漏らしたくはない。なかでも非常に特殊なブリッジがあった。二本の歯をつなぐブリッジがアーチ型になって三本目の歯を越えているというものである。

　私の撮影会は終わった。人々の緊張もゆるんだ。私はディミトリとその仲間たちをラナのおしゃべりから解放し、お礼を言った。彼らはすべきことをした。少なくとも一部は。というのも、私たちはまだヒトラーとエヴァの遺体を写した当時の写真を見ていないのだ。「ありません」とディミトリはにべもない。もちろん私たちは全然信じない。でも、それはどうでもいい。私たちは調査を続ける。パズルは静かにできあがり始めている。一九四五年五月にソ連を納得させたのは、ヒトラーの専属歯科技工士とその助手による鑑識であろう。ソ連はナチの独裁者の遺体をたしかに見つけたということだ。

「お帰りの前に、これをご覧ください……」

ディミトリは私たちがまだ見ていない書類を差し出した。前もってしおりを入れたところを開いてくれる。

「正式な検死のあとにヒトラーの遺体について記したものです」

私は夢中になって資料の単語をいくつか解読した。右上に「トップシークレット」、全体の表題は「調書」、日付は「一九四五年六月四日」。そしてページの最後に署名と印章。残りはラナが訳してくれた。


その後の調査の結果、一九四五年五月五日、ゲッベルスと妻の遺体が見つかった場所から数メートルのところの爆弾が爆発した穴の中に、激しく焼けた二体の遺体が発見された。ドイツ第三帝国首相アドルフ・ヒトラーの遺体と、その妻エヴァ・ブラウンの遺体である。この二体の遺体は、ベルリンのブーフ地区にある第三突撃軍防諜部「スメルシュ」に運ばれた。

第三突撃軍の「スメルシュ」隊に運ばれた遺体はすべて法医学的検査をし、彼らの生前をよく知る人間に見せて確認させた。

法医学的検査と身元確認のプロセスをすべて終えたあと、遺体はすべてベルリンのブーフ地区近くに埋められた。

防諜部「スメルシュ」の再編のため、遺体はそこから出されてまずフィノーの町［ベルリンの北六〇キロ］の近郊に運ばれた。その後一九四五年六月三日に、最終的にラテノー市［ベルリンの西八〇キロ］の近くに埋められた。

遺体は木の箱に入れられ、深さ一・七メートルのところに埋葬された。順番は以下のとおりである。

東から西へ、ヒトラー、エヴァ・ブラウン、ゲッベルス、マクダ・ゲッベルス、クレープス、ゲッベルスの子どもたち。

穴の西側部分には犬の死体を入れたカゴもある。一匹はヒトラー個人の犬、もう一匹はエヴァ・ブラウンの犬である。

遺体を埋めた場所は以下のとおり。ドイツ、ブランデンブルク州ラテノー市近郊、ラテノー市東部の森、ラテノーからシュテホーに行く高速道路沿い、ノイ・フリードリヒスドルフ村の直前、鉄道橋から三二五メートルの森の抜け道、

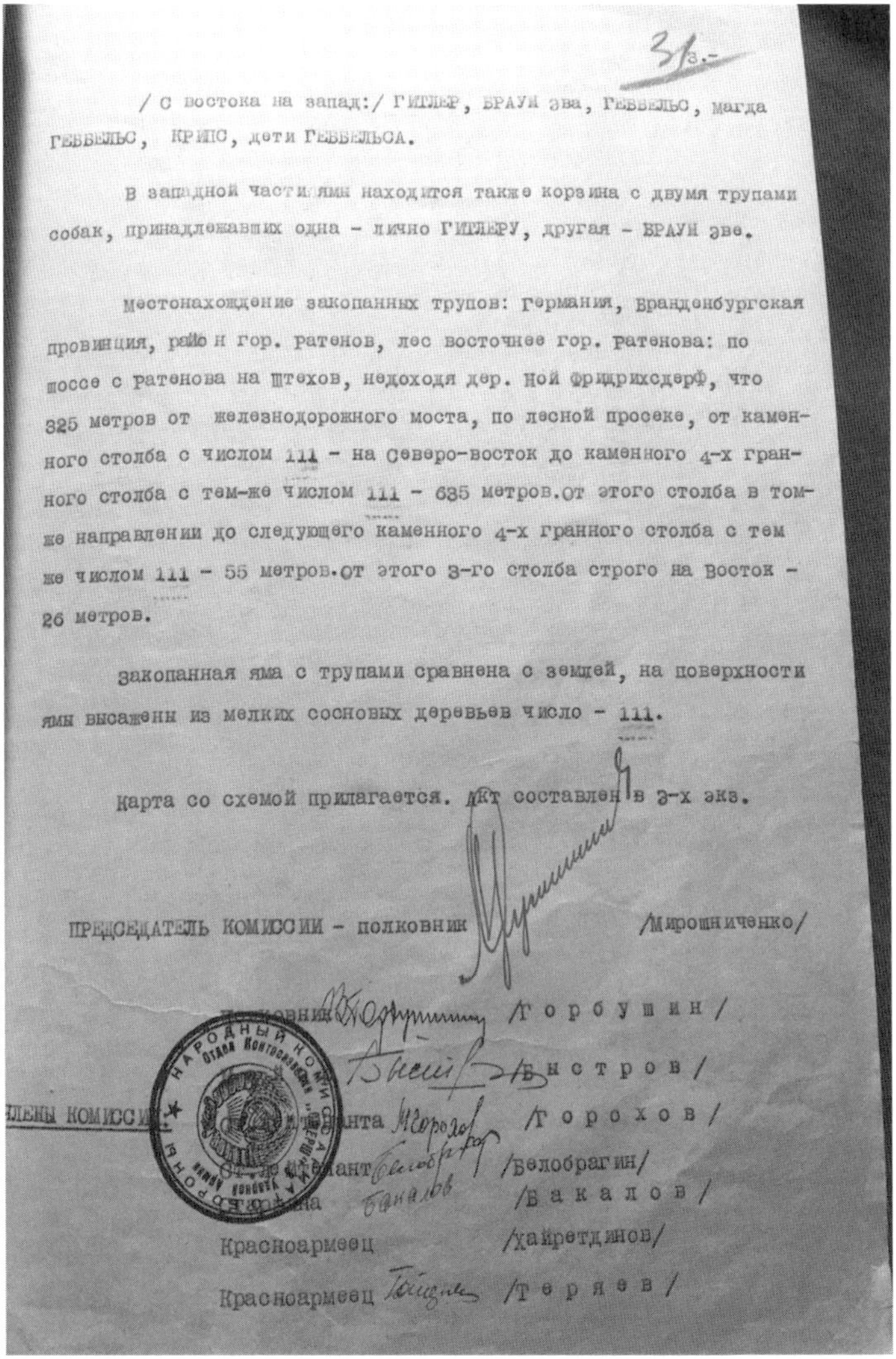

/С востока на запад:/ ГИТЛЕР, БРАУН эва, ГЕББЕЛЬС, магда ГЕББЕЛЬС, КРЕПС, дети ГЕББЕЛЬСА.

В западной части ямы находится также корзина с двумя трупами собак, принадлежавших одна - лично ГИТЛЕРУ, другая - БРАУН эве.

Местонахождение закопанных трупов: германия, Бранденбургская провинция, район гор. ратенов, лес восточнее гор. ратенова: по шоссе с ратенова на Штехов, недоходя дер. Ной Фридрихсдерф, что 325 метров от железнодорожного моста, по лесной просеке, от каменного столба с числом 111 - на Северо-восток до каменного 4-х гранного столба с тем-же числом 111 - 635 метров. от этого столба в том-же направлении до следующего каменного 4-х гранного столба с тем же числом 111 - 55 метров. от этого 3-го столба строго на восток - 26 метров.

Закопанная яма с трупами сравнена с землей, на поверхности ямы высажены из мелких сосновых деревьев число - 111.

Карта со схемой прилагается. Акт составлен в 3-х экз.

ПРЕДСЕДАТЕЛЬ КОМИССИИ - полковник /Мирошниченко/

Полковник /Горбушин/

/Быстров/

ЧЛЕНЫ КОМИССИИ: ...нта /Горохов/

...нант /Белобрагин/

...на /Бакалов/

Красноармеец /Хайретдинов/

Красноармеец /Теряев/

1945年6月4日、ラテノー近くの森にアドルフ・ヒトラーと妻エヴァ・ブラウンを秘密裏に埋葬したことを記したソ連防諜機関の機密報告書原本。

１１１番と書いた石柱――同じく１１１番の標石まで北東に――六三五メートル。さらにこの標石から同じ方向に同じく１１１番の次の標石まで――五五メートル。この第三の標石から厳密に東に――二六メートル。

墓穴は平らにされ、その表面には松の苗が数字の１１１の形を成すように植えられた。

説明付きの地図添付。

この証書は三部作成される。

緑と赤で丁寧に色づけされたこの手描きの地図も、私は撮影する許可を得た。これにはナチの指導者の遺体が埋葬された場所が非常に正確に記されている。ソ連はラテノーの町を適当に選んだわけではない。一九四五年には住民が一万人をゆうに超えていたこの小さな町はベルリンからすぐに簡単に行ける位置にあるうえ、赤軍の管轄地帯内にあったのである。

この資料を信じるのであれば、一九四五年六月四日には、ヒトラーの遺体は再び掘り出されて身元確認をされた後、敗戦国ドイツのソヴィエト支配地区に極秘のうちに埋葬されていた。

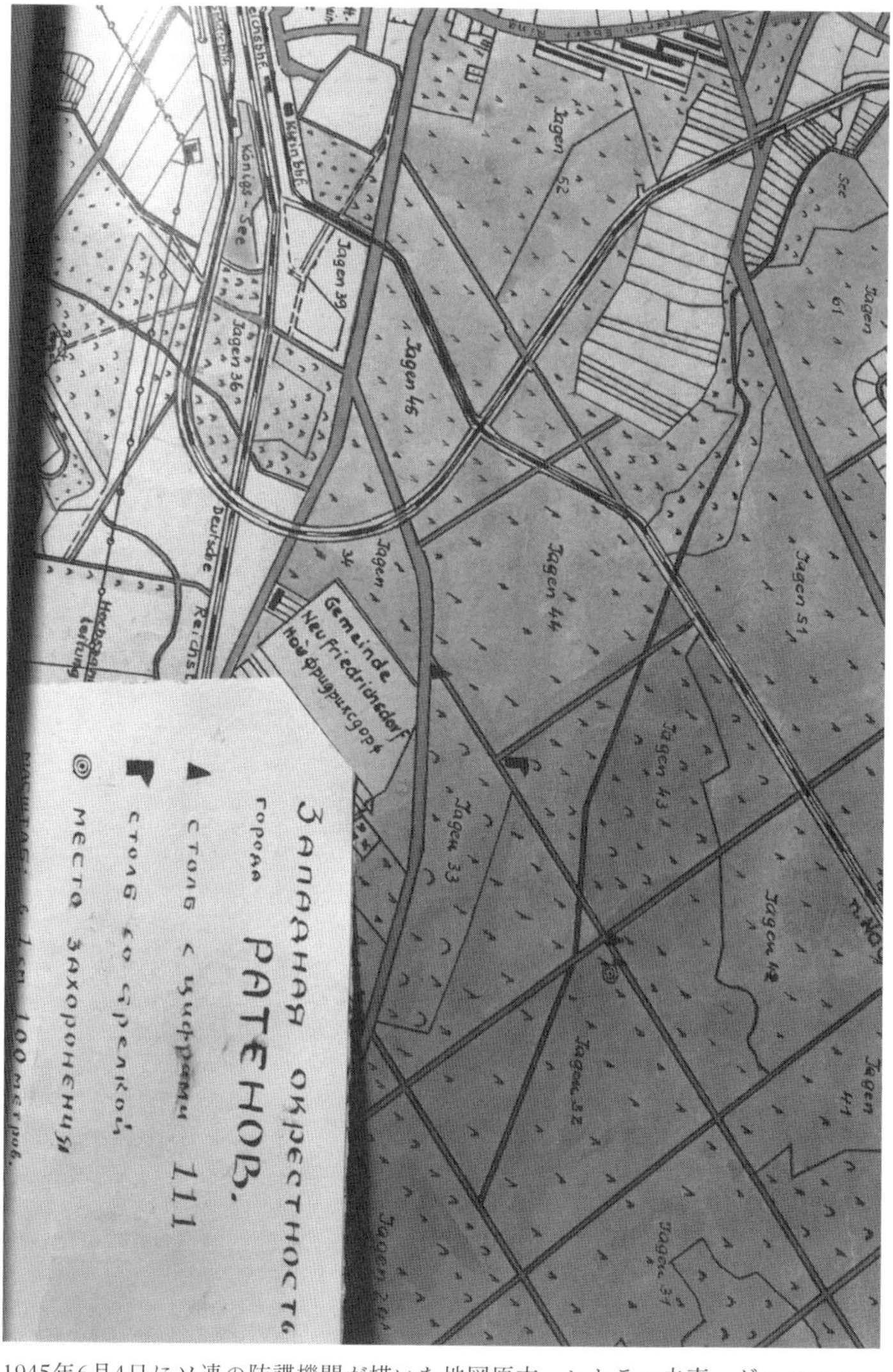

1945年6月4日にソ連の防諜機関が描いた地図原本。ヒトラー夫妻、ゲッベルス一家、クレープス大将の埋葬場所が示されている(FSB中央公文書館)。

しかし公式的にはスターリンは世界中に、しかもまず最初に同盟していたイギリスとアメリカに、ヒトラーはまだたしかに生きており、逃亡したと主張したではないか！　なぜそんな態度をとったのだろう？

それに答える前に、ベルリン陥落後の数日に戻る必要がある。一九四五年五月二日から……。

一九四五年五月二日、ベルリン

ドイツ第三帝国の首都は落ちた。数時間前の八時半ごろ、ベルリンのドイツ軍司令官ヘルムート・ヴァイトリング大将は自軍に戦闘中止命令を発した。ヒトラー自殺の報を受けての決定である。ヴァイトリングは、ヒトラーの死によって自分の部下たちは死ぬまで戦うという誓約から解放されると考えた。「一九四五年四月三〇日、総統は自殺し、彼に忠誠を誓った人々は残された。［…］戦う時間が長くなればなるほど、ベルリン市民と負傷者の苦しみは長引く」と彼は一般に向けた宣言の中で書いている。

「ソヴィエト軍最高司令官との合意に基づいて、私は戦闘を直ちにやめるよう諸君に求める」

連合国の参謀部にとって、一刻を争う競争の始まりだ。ナチの独裁者を最初に見つけるのは誰だ？　彼は本当に死んだのか、それともこれはナチの策略にすぎないのか？　ソ連には地の利がある。ベルリンの町は一九四五年七月一七日のポツダム会談まで、ソ連の占領下にあるのだから。その後ベルリンは四つの地区に分割され、イギリス、アメリカ、フランス、そしてもちろんソ連という連合国各国にそれぞれ割り当てられることになる。しかし総統地下壕があった官邸地区はソ連の管轄下にとどまるのである。

確実に知ることができないため、ソ連、アメリカ、イギリス、そしてごく少数のフランスの取調官たちは証拠がないまま想像するよりも、何か月にもわたって尋問・反対尋問・検証を続けた。質問はいつも同じ。四月三〇日に総統地下壕で何が起こったのか？　ヒトラーの最期の数時間について多少なりとも証言したすべてのナチ党員が、重要な情報源になった。少なくともソ連側は、捕虜をすぐに独房に入れた。ソ連の秘密情報機関は、自分たちが知ったことをほかの連合国と共有することをほとんど一貫して拒否した。戦争が終わるや、すでに不信、さらには疑念が勝ったのである。

この時期のソ連の公文書の中には、占領したベルリンで行った緊急調査の驚くべき写真がある。スターリンはナチドイツに対する唯一の戦勝者であり続けたいと考え、勝利も、ヒトラーの遺体という最高の戦利品も、分かち合う気は一切なかった。ソ連の取調官にとって、目的はふたつ。ヒトラーを見つけること、そしてそれを最初に確保することであった。

ソ連当局は秘密情報機関と赤軍の中でも最も優秀な人員を男女含めて派遣した。彼らはこれからの数日間に自分のキャリアが、さらには人生さえもがかかっていることを認識していた。

第一段階——証人を見つける。

一九四五年五月二日朝、ベルリンにいたドイツ軍の大半は降伏したが、新官邸地区は相変わらず騒然としていた。最後までナチを熱狂的に信奉した者たちは激高し、武器を下ろすよりも死を決意した。そうした者たちを一斉射撃や榴弾で一掃すると、ソ連の第三突撃軍の部隊は直ちに地下の隠れ家を調べた。そこで発見した男や女は呆然としており、一日中聞こえていた爆音のせいでほとんど耳が聞こえなくなっていた。傷を受け、疲れ果て、飢えている。一般の服装の者もいれば、ドイツ軍の制服姿の者もいる。完全なカオス状態だ。このたくさんの人々の中で、最後までヒトラーの身近にいた人をどうやって探し当てるのか？　規制線が張られた。尋問を受けなければ、誰であれ外に出ることはできなかった。すべてが極めて迅速に進んだが、自爆テロの危険も現実のものとして大いにあった。そして数時間後、ソ連は明白な事実に屈した。ヒトラーの側近は全員逃げている。

ゲッベルス夫妻やクレープス、ブルクドルフ、シェードレなど自殺した人々を除いて、全員が前夜に地下壕を去っていた。当事ヒトラーの地下壕にどれほどの人がまだいたのかは、はっきりとは分からない。最大で約三〇人、そのうち少なくとも四人の女性がいた。三人は秘書、ひとりは総統専属料理人である。脱走は二三時ごろ始まった。捕まるリスクを小さくするため、脱走者たちは約一〇の小グループに分かれ、三〇分ずつ間隔を置いて地下鉄のトンネルを通って政府地区から脱出した。外に出ると、町中の戦闘やとどろく爆音の中、ある者たちは西のほうに、ある者たちは北のほうに、チャンスをかけた。しかしわずかな例外を除いて、彼らは長い間自由ではいられなかった。大部分は数時間で赤軍の手に落ちたのである。イギリス兵やアメリカ兵に捕まった者もいる。騒然とした中で、彼らは数千人のドイツ人捕虜と合流し、一兵卒のふりをして大勢の中に紛れ込もうとした。ヒトラーの侍従ハインツ・リンゲは総統専属運転手エーリヒ・ケンプカと組んだ。ふたりの男は炎が上がる道を進んでいくうちにすぐに別れ別れになった。リンゲは電車のトンネルのほうに逃げた。地上に向かう通路で、彼はドイツ兵の声を聞いたような気がした。リンゲは回想録の中でこう語っている。

『『ドイツの戦車が進んでいる。仲間たちよ、来るんだ！』という外からの声が聞こえた。ちらりと見ると、ひとりのドイツ兵が見えた。彼は私を見て合図をした。隠れていたところから出たとたんに、私の周りにソ連の戦車が数台あることに気がついた[★1]」

そのドイツ兵は脱走者を捕まえるためのおとりであった。リンゲは急いで制服からＳＳの記章、銀の鷲、鍵十字、階級章をもぎ取った。この計略はうまくいった。というのも、ロシア兵たちは戦争が終わったことが嬉しくて、彼にタバコまで与えたのである。リンゲの正体が明らかになったのはそれから数日後、ヒトラーに近い親衛隊の優秀なメンバーの軽率な言葉からであった。ヒトラーの専属パイロット、ハンス・バウアである。

エーリヒ・ケンプカのほうはもっと幸運だった。五月二日の逃亡のさなか、リンゲと離れると、ケンプカはすぐにＳＳの制服を脱いで一般人の恰好をした。数時間後に赤軍の検査を受けたが、ドイツの労働者として簡単に通ることができた。ケンプカはベルリン脱出に成功し、数週間後にはミュンヘンまで行った。最終的にはドイツのこの地を占領していたアメリカ軍に捕らえられる。

ヒトラーの専属秘書ボルマンは明らかにヒトラーに最も近い腹心であったが、見つからずにいた。すぐに噂が広まった。彼はヒトラーと逃げたのだと、ある者は主張した。またある者は、逃亡中に殺されたのだと言った。結局ボルマンの遺体は一九七二年一二月にベルリンの道路工事現場で発見され、一九七三年に歯をカルテと照合して身元が確認された。さらに一九九八年には、ボルマンのものと推定される骨から採取したDNAと子どもたちのDNAを比較した調査が行われた。結果は一致した。

一九四五年五月の間、ソ連は総統地下壕のナチをさらに何人も捕虜にした。その数は連合国の捕虜をすべて合わせたよりも多かった。しかし、彼らの調査が複雑であることに変わりはなかった。とくにソ連内のさまざまな部隊や多数の秘密情報機関の間で激しい抗争があったからである。それぞれが自らの戦利品を用心深く守り、「貴重な」囚人が自分たち以外の機関から尋問を受けることを嫌がった。ヒトラーの死に関する最初の調査の責任者は、第一白ロシア戦線スメルシュ隊長アレクサンドル・アナトレビッチ・ヴァディスであった。ジューコフ元帥率いる第一白ロシア戦線は、ベルリン戦に投入されたソ連軍の中でも主要な軍団のひとつであった。スメルシュは赤軍内部の脱走兵、裏切り者、その他スパイなどを追跡するために、一九四三年に特別に創設されたものである。スメルシュという名は、ロシア語の二つの単語「Smiert Chpionam」を縮めたもので、訳すと「スパイに死を」となる。スメルシュは早々にスターリンの権力と直接結びついた防諜機関になった。つまりヴァディスはまさにモスクワの主の配下であった。一九四五年五月、この輝かしい士官は三九歳で、中将の位にあった。経験に不足はない。ヴァディスは一九三〇年に赤軍の保安部門に、一九四二年にソ連の防諜機関に、そして翌年にスメルシュに入った。断固たるスターリン主義者で政治的陰謀に対する恐るべき感覚に恵まれた彼は、ドイツ戦に先立って相次いで行われた軍事的粛清を逃れることができた。スターリンは彼を防諜について最も優秀な人員のひとりとみなしていた。当たり前だ。ヴァディスは調査を首尾よく進めるための全権を得ていたのだから。彼はベルリンでは誰に報告する必要もなかった。話す相手はスターリン本人、またはスターリンに最も近い支持者、例えばソ連の治安を管轄するラヴレンチー・ベリヤであった。ヴァディスの使命については、他の誰にも知られていなかった。ヒトラーに対する勝者たるジューコフ元帥さえ、蚊帳の外であった。ジューコフはヴァディスの仕事については永遠に知ることはないだろう。しかも五月二日午後、総統地下壕が赤軍兵士によって最終的に静まったとき、第一白ロシア戦線スメルシュ隊のメンバーは支配権を握り、ソ連の軍人を容赦なく追い出して、将官であっても近づくことを禁じたのである。

ソ連当局が待ち望んでいた報告書を、ヴァディスは一九四五年五月二七日に送った。与えられた手段をもってしても、スターリンの「巡察使《ミッシ・ドミニ》」は奇跡を実現することはできなかった。時間がなかったため、彼はヒトラーの死に関する最後の証人たちに尋問することができなかった。

その代わり、ナチの独裁者のものと思われる死体の検死結果を提示することはできた。しかしその前に、彼は遺体を見つけたときの状況について説明している。

被拘束者である帝国官邸保安警察官のメンゲスハウゼン親衛隊曹長の証言に従ったところ、五月五日にベルリンの帝国官邸敷地内にあるヒトラーの地下壕の非常口近くで、男女ふたりの焼死体が埋葬されているのが発見された。遺体は着弾でできた穴の中に置かれ、土の層で覆われていた。焼け焦げが激しく追加情報がないため、身元特定には至らなかった。

ソ連の秘密情報機関については多くの場合そうであるように、報告書に含まれる情報は細心の注意を払って確認する必要がある。ヴァディスはここで嘘をついている。

エレーナ・ルジェフスカヤは第一白ロシア戦線スメルシュ隊の通訳であった。レフ・ベジメンスキーも通訳であるが、こちらは第一白ロシア戦線直属である。ふたりは一九四五年五月二日にベルリンにいた。彼らによれば、ヒトラーとされる遺体が発見されたのは一九四五年五月五日ではなく、その前日だったようである。しかもそれはメンゲスハウゼン曹長の情報に基づくものでは全くなく、ソ連の兵士チュラコフが偶然発見したものであった。ルジェフスカヤとベジュメンスキーによれば、チュラコフは第三突撃軍のクリメンコ中佐とともに、五月二日にゲッベルス夫妻が発見された場所を調べるために戻ったらしい。五月四日午前一一時、そのすぐわきの弾孔のところで、チュラコフはクリメンコに向かって叫んだ。

「中佐同志、ここに足があります！」[★2]

そこでふたりが掘り返すと、一体ではなく二体の遺体が現れた。クリメンコはそれがヒトラーとその妻かもしれないとは思いもしなかった。そのため彼は再び埋葬するよう命令した。彼がこのようにしたのは、前日に別の遺体を複数のナチの捕虜に見せて、ヒトラーだとすでに確認していたからであった。一四時、クリメンコは結局その鑑定が断定できるものではなかったことを知った。ヒトラーではなかったのだ。翌五月五日、クリメンコは前日見つけた二体の遺体を再び掘り返して上司に伝えるよう部下に命じた。

ヒトラーとエヴァ・ブラウンとされる死体の発見に関するこの説は、私たちがＦＳＢで見ることができた機密資料と一部一致する。それは一九四五年五月五日に同じ兵士チュラコフが記録した、二体の焼死体発見に関する資料である。その代わり、クリメンコ中佐に関する記述はどこにもない。エレーナ・ルジェフスカヤ自身もこの士官の存在感があまりにないことに疑問を感じたが、クリメンコは彼女にこう答えただけであった。

「私はそれらの遺体に関して、誰にも報告しませんでした」[★3]

この一九四五年五月四日に発見された焼死体について、エレーナ・ルジェフスカヤはたしかに見たと断言する。

「遺骸は火で損なわれて黒く恐ろしいものになっており、泥のついた灰色の毛布で包まれていた」[★4]

ヴァディスは二体の遺体が発見されたことだけを知らされていたのだろうか？　しかしベルリンの防諜機関の誰もが認めるトップとして、彼は全てを知る義務があった。とはいえ彼がこの説を知っていたとしても、それを隠そうとした意思は理解できる。ヴァディスは信じがたいような発見について、クレムリンに知らせたくはなかったのである。しかし彼は真実を歪曲することで大きなリスクを負った。モスクワに送られた報告書の中に、すでに全てが記されていただけになおさらである。ヴァディスはこの詳細を知らなかった。ソ連当局は秘密情報機関内であっても、いつも情報を分割するからである。

同じくヴァディスが黙っていたことがある。それは、当局から官邸地区の監視を任されていた第五突撃軍から、二体の死体が盗まれたことである。盗んだのは彼の部下であるスメルシュの隊員であった。隊員たちはこれほど貴重な戦利品を第五突撃軍の軍人の意のままにさせるものかと率先して動いた。五月五日から六日にかけての夜中、遺体は密かに毛布で包まれ、弾薬箱の中に入れられた。この人さらいにエレーナ・ルジェフスカヤは関与した。

「[…]遺体は庭の柵の上を通して、トラックの車内に置かれた[…]」[★5]。これはソ連の部隊間で見られる馬鹿げた抗争の完璧な例である。スメルシュ隊からすれば、この遺体が本当にヒトラー夫妻のものかどうかは、ベルリンで自分たち以外の誰も知ることはできない。五月六日、ふたつの箱はベルリンのブーフ地区にあるスメルシュの新司令部に置かれた。

この「盗み」について、ヴァディスはもちろん報告書の中で一言も触れていない。遺体の存在に関しては秘密を守ったほうがよいのである。

いずれにせよ、ヴァディスの報告書に戻ろう。一九四五年五月一三日に自身が行ったメンゲスハウゼンの尋問については、こう書かれている。

メンゲスハウゼンは男女の遺体をドイツ第三帝国首相ヒトラーとその妻エ

ヴァ・ブラウンのものと認めたと断言した。加えて、その遺体が四月三〇日に焼かれるのをその目で見たという。そのときの状況は以下のとおりである。四月三〇日朝一〇時すぎ、メンゲスハウゼンは帝国官邸警備の任に就き、帝国官邸の台所と食堂の廊下をパトロールしていた。並行して、ヒトラーの地下壕の庭を監視する役割も務めていた。メンゲスハウゼンのいる建物から庭までは八〇メートルあった。

パトロール中、彼はヒトラーの従卒バウアに会い、彼からヒトラーと妻ブラウンの自殺を知らされた。

バウアと会って一時間後、ヒトラーの隠れ家から八〇メートルのところにあるテラスに出たとき、メンゲスハウゼンは専属副官のギュンシェ親衛隊少佐とヒトラーの従者リンゲ親衛隊少佐が、非常ドアを通って地下壕から出てくるのを見た。ふたりはヒトラーの遺体を抱えており、それを出口から一メートル半離れたところに置いた。それから彼らは戻り、数分後に妻エヴァ・ブラウンの遺体を運んでヒトラーの遺体のそばに置いた。遺体のそばにふたつの石油缶があった。ギュンシェとリンゲはそれを遺体にかけはじめ、続いて火をつけた。

死体が焼け焦げると、ヒトラーの専属護衛隊員がふたり（名前は知らない）地下壕から出てきて焼死体に近づき、砲弾の着弾でできた穴の中に入れて土の層で覆った。

ヴァディスの報告は、ハリー・メンゲスハウゼンというドイツの一兵士の証言だけに基づくものであった。メンゲスハウゼンがこれほど詳細に語った光景は、とはいえ彼から遠く八〇メートルも離れたところで繰り広げられていたものである。何であれ確実に確認できるとはいえない、かなりの距離である。これについてはヴァディスも感じていたに違いない。それは報告書の続きを見れば明らかである。

地下壕から出された遺体がヒトラーとその妻ブラウンのものであるかがどうして分かったのかという質問に対して、被拘束者メンゲスハウゼンは宣言した。

「顔と体格、制服でヒトラーと分かりました」

メンゲスハウゼンSS曹長は衣服の細部まで語っている。ヒトラーは黒いズボンと白いワイシャツでネクタイをしていた。エヴァ・ブラウンのほうは黒いワンピースを着ていた。「私は何回もその服を着た彼女を見たことがあります。しかも私は彼女の顔もよく知っています。顔は卵形でほっそりとし、鼻はまっすぐで細く、髪は明るい色です。このようにブラウン夫人についてよく知っているため、私は地下壕から運ばれた遺体が彼女のものだったと断言できるのです」と、メンゲスハウゼンは説明した。

SSの下士官一人の証言では自分の上司を納得させられないかもしれないと、ヴァディスは今一度思ったに違いない。彼は明らかにそれを分かっていたが、うまくできた探偵小説のように緊張感を大事にした。彼の切り札は、最高の証拠として役立つに違いない。それは次のようなことである。

発見された遺体が間違いなくヒトラーと妻のものであるという事実は、ヒトラー、妻ブラウン、ゲッベルスとその家族、その他第三帝国指導者たちを診ていた歯科医ブラシュケの技術助手ホイザーマンの証言で確認された。

ケーテ・ホイザーマンはヴァディスの宝、鍵となる証人である。それは私たちがFSBで履歴と個人識別写真を見せてもらった若い女性である。世界で最も探されている男の遺体確認が、この三〇歳ほどの医療助手の双肩に完全にかかっていた。

まだ証言は少し弱いだろうか？　しかしヴァディスに選択肢はなかった。ベルリン中を探させても、歯科医ブラシュケはいまだ見つかっていなかった。ホイザーマンによれば、彼はソ連の占領地帯から離れたベルヒテスガーデンに逃げたらしい。それは事実だった。ブラシュケはのちにアメリカ人に捕らえられる。歯科医がいないため、ヴァディスは助手で満足するしかなかった。そのため彼は、ケーテ・ホイザーマンの鑑定の価値を少しでも高めようとした。

尋問のとき彼女は、ブラシュケ博士がヒトラーとブラウンを治療する際に、自分は何度も立ち会ったと言った。しかも彼女は、ヒトラーの上顎と下顎の歯の状態について、詳しく説明した［…］。

こうしてヒトラーの治療経過についてホイザーマンが実際に知るところを確かめたあと、顎が彼女に見せられた。

ヒトラーのものとされるブリッジや歯を確認したあと、ホイザーマンは宣言した。

「私に見せられたブリッジと歯はヒトラーのものに間違いありません。その手がかりは以下のとおりです。提示された上顎には、第四歯のうしろに掛けていた金のブリッジを切断するときに、器具で付いた線がはっきり見えます。私はこの跡をよく知っています。なぜならこの治療は一九四四年秋にブラシュケ医師がヒトラーの第六歯を抜くために行ったもので、私も加わったからです。しかも、ここには私が尋問のときに述べたヒトラーのブリッジと歯の特徴がすべて見られます」

ヴァディスの論証はここで終わる。彼はさらにもうひとりの証人フリッツ・エヒトマンも出している。これも私たちがFSBを訪れたときに名前が出たドイツ人捕虜である。歯科技工士であるエヒトマンもヒトラーの歯医者とともに働いていた。ヴァディスは彼をエヴァ・ブラウンの歯を確認するために使った。

ではふたりの遺体はどこにあるのだろう？　ヴァディスは顎については長々と書いているが、検死については奇妙なほど簡潔にしか書いていない。

法医学鑑定によりヒトラーの炭化した死体と妻ブラウンの遺体を調べたが、遺体と頭部は火による損傷個所が多いため、死の原因となり得た大きな傷跡は見つからなかった。ヒトラーとブラウンの妻の口腔内からは、シアン化物の入ったアンプルの破片が見つかった。これを研究所で分析したところ、ゲッベルスとその家族の遺体から発見されたものと同一であることが確認された。

これだけ。しかし法医学鑑定は報告書の最後の数行よりも当然価値があるはずだ。検死の詳細はいまなお機密扱いである。ＧＡＲＦでもＦＳＢ中央公文書館でも、私たちは完全な形の結論を見ることはできなかった。

私たちがせいぜいできたのは、ほかの機密報告書の中に分散している事実情報を集めることであった。私たちはこうして、法医学検査を行った第一白ロシア戦線の法医学者ファウスト・

シュカラフスキー中佐が率いるチームについて、知ることができた。また、検査がベルリン北東のブーフ地区で一九四五年五月八日に行われたことも知った。これはドイツの降伏が調印されたのと同じ日である。

検死結果については、一九四六年一月一九日付のＮＫＶＤの報告書の中にこんなものを発見した。

ヒトラーと推定される遺体

（一九四五年五月八日付調書）

火による損傷が激しい遺体には、死に至り得る重大な損傷や病気の目に見えるしるしは発見されなかった。

口内に残った割れたガラス製アンプルの破片、遺体から発する明らかなビターアーモンド臭、内臓の法医学的検査によるシアン化物の検出により、当委員会は、このケースにおいて死はシアン化物による中毒が引き起こしたものであるという結論に達した。

エヴァ・ブラウンと推定される遺体

（一九四五年五月八日付調書）

激しく焼け焦げた遺体からは、胸郭粉砕による傷跡、血胸、肺及び心膜の損傷、細かい金属片六個が発見された。

さらに、口腔内には割れたガラス製アンプルの破片が発見された。アンプルの存在と検死時に感じられたビターアーモンド臭、さらに医化学的研究により遺体器官内からシアン化物が検出されたことから、委員会は、胸郭の重大な傷はあるとはいえ、直接の死因はシアン化物による中毒であると結論するに至った。

遺体は火による変化が大きいため、身元確認で唯一の証拠となるのは、口内に残った歯や帯環、義歯であろうと、委員会は同時に指摘する。

検死のさらなる詳細を知るためには、赤軍に仕えたロシア語・ドイツ語の通訳レフ・ベジュメンスキーに当たらなければならない。このロシア人は一九六八年にジャーナリストとしてヒトラーに関する本を書いて反響を呼び、西ドイツで出版するに至った。当時ヨーロッパは冷戦のただ中にあり、ソ連のトップはレオニード・ブレジネフであった。ソヴィエト当局の承認がなければ、そして当局がそこに利点を見出さなければ、こうした本を出版するなど考えられない。その見極めは重要だ。ベジュメンスキーは真実を語ったのか、それとも共産主義体制のプロパガンダを引き継いだのか？　いずれにせよ、彼はソ連軍がいかにしてヒトラーの死体を見つけ、いかにして身元確認に成功したのかを非常に詳細に述べている。

ベジュメンスキーはまた贅沢にも、ヒトラーの地下壕を背景にしたロシア兵の写真など未公開資料も載せている。「ヒトラーとエヴァ・ブラウンの遺体を掘り返している」ところだと、写真の説明も明確だ。検死委員会のメンバーがクレープス大将とヨーゼフ・ゲッベルスの遺体を前にきれいに並んでいる写真も二枚ある。それに対してヒトラーとエヴァ・ブラウンの検死の写真は一枚もない——検死責任者ファウスト・シュカラフスキーは、写真撮影は禁止されたと言っている。[★6]ベジュメンスキーはそれでも、形のはっきりしない黒っぽい塊が入ったふたつの木の箱が見分けられる、質の悪い写真二枚を載せている。その説明を信じるなら、それはヒトラー夫妻の遺体を写した写真である。

こうした歴史的な図版だけでなく、ベジュメンスキーは総統地下壕で発見された遺体の検死報告書を完全な形で入手したと主張している。

ゲッベルス、クレープス大将、二匹のジャーマン・シェパード、そしてもちろんヒトラーとエヴァ・ブラウンであろう人物の検死報告書である。

この本は意図的に政治的な書きぶりになっている。例えばベジュメンスキーはこう書く。「西側の歴史調査研究の中では、最後のドイツ陸軍参謀総長ハンス・クレープス大将は一兵士として自らの武器で自殺したとたびたび指摘されるが、これは医学的証拠により付随的に覆された。[…]医学上の結論は『シアン化物による中毒死』である」★7
このくだりに、西洋とのほとんどイデオロギー的な対立がすべて表れている。ソ連の真実は科学的事実に基づくものであり、西洋の怪しい工作に終止符を打つものだということである。さらに、敵であるナチに対する誹謗がある。例えばクレープスは服毒自殺した、それはソヴィエト人からみれば臆病者の行為である、ということだ。ソ連当局からすれば、真の軍人は必ず拳銃自殺をするものなのである。

戦いの指揮官ともなれば、なおさらの義務である。

ベジュメンスキーによれば、ヒトラーのものとされる遺体の検死結果は次のようなものであった。ここに驚きはない。

男は身長一六五センチ近く［主治医モレル博士の証言では、ヒトラーは身長一七六センチ、体重七〇キロ］で、年齢は五〇～六〇歳（全般的発達、器官の大きさ、下の犬歯と右の小臼歯の状態に基づく判断）。口内には医療用アンプル由来のガラス片が発見された。法医学者たちは「遺体からビターアーモンドの特徴的な臭いがしたこと、内臓の法医学的検査によりシアン化物が検出されたこと」を強調している。

委員会は、「このケースにおいて死はシアン化物を主成分とする中毒が引き起こしたものである」と結論づけるに至った。★8

ソ連の医学チームは頭蓋骨の一部が欠けていることも確認した。左後頭部のこの部分は、現在GARF公文書館に保管されているものと一致するようだ。

ベジュメンスキーによれば医師たちは焦げた遺体からビターアーモンドの強い臭いがしたと主張しているが、これが本当にヒトラー夫妻の遺体であった場合、五日前に埋葬されていたことになる。シアン化物はそんなに長い間、臭いを発するのだろうか？　そして、ベジュメンスキーはなぜ二体の遺体の内臓の毒物分析の結果を書き写さなかったのだろうか？　彼はただこう書いている。

「内臓の法医学的検査によりシアン化物が検出された」

赤軍の元通訳にとってはどうでもいいことだ。目的は、調べた男の死因を確実なものとして示すことなのだから。つまり毒である。弾孔の存在については全く記されていない。もしこの遺体が本当にヒトラーのものであるならば、彼はシアン化物のアンプルを飲んで自殺したということなのだろう。

その証拠はある。ヒトラーは参謀総長のクレープス大将やもちろんゲッベルスと同じように、臆病な男だった。

ナチの指導者を「人間の屑」として見せようとするソ連当局の意志は、ヒトラーの自殺の知らせがスターリンに届いたときからすでに見られていた。敵が英雄視されることはあってはならない。ドイツの独裁者が爆撃を受けても最後までベルリンにとどまったのは、勇気があるからではなく、破滅的に狂っていたからなのである。

スメルシュのアレクサンドル・ヴァディス中将は、スターリンの右腕であるベリヤに宛てた一九四五年五月二七日付の報告書の中で、ほかには何も語っていない。

ベリヤは確認した上で、これを直接スターリンに渡した。

本当にヒトラーであるかどうかの証拠、すなわち歯は、ひそかにクレムリンに送られた。

H関係資料は閉じられようとしている。ヒトラーを見つけた、奴は死んだ、穴ぐらの中で臆病者として死んだのだと、スターリンは世界中に発表することができるだろう。
しかしそれは、ヴァディスとスメルシュは間違っていると、ＮＫＶＤの秘密情報機関に明かした男がいなければの話であった。この男こそヒトラーのボディーガード、オットー・ギュンシェにほかならない。彼も地下壕からの脱出を試みたがソ連に捕まり、すぐに身元が明らかになった。彼への尋問は、第一回目からすべてを改めて問題視するものになった。ギュンシェは一貫して、ヒトラーは頭に弾丸を撃ったと主張したのだ！

（下巻に続く）

★1——Heinz Linge, With Hitler to the End..., op. cit., p. 210.
★2——Lev Bezymenski, The Death of Adolf Hitler: Unknown Documents from Soviet Archives, New York, Harcourt, Brace & World, 1969, p. 45.
★3——Elena Rjevskaïa, Carnets…, op. cit., p. 273.
★4——Ibid., p. 276.
★5——Ibid., p. 277.
★6——Elena Rjevskaïa, Carnets…, op. cit., p. 339.
★7——Lev Bezymenski, The Death of Adolf Hitler..., op. cit., p. 57.
★8——Ibid., p. 67.

［著者］

ジャン＝クリストフ・ブリザール *Jean-Christophe Brisard*

報道記者。二十年来地政学を専門としている。約十年間、ナショナル・ジオグラフィックに勤務。二〇〇八年から、フランスのテレビ番組で主に独裁政治（中国、北朝鮮、トルクメニスタン、リビア等）についてのルポルタージュやドキュメンタリーを手掛けている。邦訳書に『独裁者の子どもたち――スターリン、毛沢東からムバーラクまで』（二〇一六年）がある。

ラナ・パルシナ *Lana Parshina*

モスクワ生まれ。アメリカへ移住。複数の学位を取得し、アメリカ議会図書館勤務後、フリーのジャーナリストに。広報コンサルタント、危機マネジメントに携わり、ヨシフ・スターリンの娘、スヴェトラーナに関するドキュメント映画を製作している。『独裁者の子どもたち』の第一章「スターリンの愛娘」を執筆。

［訳者］

大塚宏子 *Hiroko Otsuka*

学習院大学文学部フランス文学科卒業。翻訳家。主な訳書に、ジャック・アタリ『図説「愛」の歴史』、マルタン・モネスティエ『図説 自殺全書』、『図説 決闘全書』、シリル・P・クタンセ『［ヴィジュアル版］海から見た世界史――海洋国家の地政学』、イヴ・ラコスト『［ヴィジュアル版］ラルース 地図で見る国際関係――現代の地政学』などがある。

ヒトラー　死《し》の真相《しんそう》——KGB機密《きみつ》アーカイブと科学調査《かがくちょうさ》［上］

二〇一八年一一月三〇日　初版第一刷発行

著者——ジャン＝クリストフ・ブリザール＋ラナ・パルシナ
訳者——大塚《おおつか》宏子《ひろこ》
発行者——成瀬雅人
発行所——株式会社原書房
〒一六〇-〇〇二二　東京都新宿区新宿一-二五-一三
電話・代表〇三-三三五四-〇六八五
http://www.harashobo.co.jp
振替・〇〇一五〇-六-一五一五九四
ブックデザイン——小沼宏之［Gibbon］
印刷——新灯印刷株式会社
製本——東京美術紙工協業組合

ISBN978-4-562-05606-4
Printed in Japan